KB126645

삶은
그렇게
납작하지
않아요

김나리 에세이

삶은
그렇게
납작하지
않아요

차녀

모든 것에는
이유가 있어야 한다

나는 사람이 좋다. 그래서 사람들을 모으는 일을 많이 했다. 이런저런 모임을 만들기도 했고, 교육도 많이 했다. 사람들을 관찰하고, 그 사람들의 이야기를 글과 영상으로 기록해오기도 했다. 한 사람의 이야기는 한 편의 영화 같다.

나는 예전부터 막연히 어떤 토양이 되고 싶었다. 나에게 사람들은 나무 같았다. 그래서 사람들이 모이면 숲이 되었다. 그 숲에 봄비가 내린다. 사람들의 숲이 물을 머금으니 사랑스럽다.

사람에게는 감정이 있어 아름답다. 고통을 느낄 줄 알고, 사랑할 줄 안다. 감정의 스펙트럼을 오가며 사람은 자란다. 때로는 지독한 미움조차 사람이 사는 힘이 된다. 그리고 하고 싶은 것들이 있는 사람들이 있다. 마치 내가 너그러움이 시대정신이 되는 세상을 꿈꾸는 것이 그러하듯, 무언가 해보고 싶은 것이 있는 사람의 마음은 무척 소중한 것이다. 나는 그런 사람들을 자주 만났다. 그들의 해보고 싶은 마음들은 나의 이야기가 되었다.

나는 영상을 배우러 온 사람들이 나에게 하는 이 질문을 무척 좋아한다. "하고 싶은 이야기가 있어요. 이걸 영상으로 어떻게 표현하면 좋을까요?" 이런 질문을 받고 대화 나누는 일은 가볍지 않다. 이 질문은 마치 '어떻게 살아야 할까요?' 같다.

영화의 한 장면이 다음 장면으로 넘어가는 그 사이를 '컷'이라 부른다. 컷은 장면을 고르고, 그 장면이 멈추는 지점을 결정하며, 다음 장면을 고르고, 또 그 장면이 멈추는 지점을 결정한다. '어떻게 살아야 할까요?' 이 질문에 대한 내 답은 언제나 같다.

"모든 컷에는 이유가 있어요."

언제 한 기억의 장면을 멈추어야 하는지를 느끼며 이 책을 썼다.

차 례

3. 내가 만들고 싶었던 세계

4. 내가 만나는 세상 I

5. 내가 만나는 세상 Ⅱ

6. 내 세상이 된 사람

1

나를 이루어준
세계

사장이 난데
누가 사모요?

내게 중고 트럭을 판매하신 사장님은 좋은 분이었다. 엄마 친구분 소개로 거기서 사게 됐는데, 인상 좋게 웃으시던 그분이 슬쩍 그러셨다.

"어머님께 '사모님' 했다가 저 혼났어요."

나는 웃음이 터지려고 했지만 참았다.

"아, 저희 엄마가 '사장이 난데 누가 사모요?' 하셨어요?"

사장님은 그렇다고 하시며, 다음부턴 조심하겠다고 다짐하셨다. 엄마에게 '사모님'이라고 한 사람들은 엄마에게 혼났다. 사실 '사모님'은 여성을 높이 부르는 말로 사용될 때도 많지만, 엄마가 나간 '사장' 모임에서도 누군가 엄마를 사모님이라고 하더란다. 엄마는 그때부터 쭉 '사장이 난데 누가 사모요?' 말하기를 실천하고 있다. 엄마 재밌어.

그러고 보면 나는 젊어서 그런가, 역시 사장인 나를 '사모님'이라고 부르는 경우는 없었고, 요새 내 주변에선 사장들을 '대표님'이라고 부르는 추세다. 하지만 주변 젊은 여성 대표들 중엔 대표로 참석한 모임에서조차 '아가씨'라는 말을 들은 사람들이 있단다. 엄마가 그런 자리에서 '아가씨'라는 말을 들었을 상황을 상상하게 된다. 엄마라면 허리를 세우고 어깨를 편 다음 이렇게 외쳤을 거다.

"이보오! 아가씨가 뭐요! 내가 대표요!"

고등학생 때였다. 하루는 엄마가 내가 자취하던 집 앞에 커다란 트럭을 끌고 왔다. 10톤 트럭이었던 것 같다. 내가 자취하던 동네는 작은 주택과 낮은 빌라가 촘촘히 모여 있는 곳이었고, 트럭은 마치 어떤 아이가 레고 블록으로 만든 마을 위에 올려둔 큰 장난감 트럭 같았다. 세기말, 휴대전화가 상용화되기 전이었다. 한 동네 아저씨가 차 빼달라며 차주를 찾았다. 엄마와 나는 서둘러 나갔다. 엄마를 본 동네 아저씨가 답답하다는 표정을 지었다.

"남편 빨리 나오라고 해요. 아줌마가 나와서 뭘 어떻게 하려고?"

엄마는 별다른 대꾸를 하지 않고 트럭에 올라섰다. 밟고 올라서는 계단이 꽤 높아서 문틀을 잡고 살짝 뛰어오르듯 차에

나를 이루어준 세계

타는 엄마 모습은 마치 말에 올라타는 사람 같았다. 아저씨와 나는 트럭을 빼고 나오는 엄마를 나란히 서서 쳐다봤다. 아저씨는 할 말을 찾지 못해서 주머니를 뒤적였다. 그리고 나를 돌아보며 한마디를 했다.

"엄마가 여장부시네!"

내가 대학에 가자 엄마는 기왕 딸 거면 운전면허는 1종 보통으로 따라고 조언했다. 2종 오토면 취득하기도 쉽고 충분할 것 같았는데 왜 그러냐고 묻자, 엄마가 씨익 웃으면서 대답했다.

"혹시 알아? 나중에 대형면허 딸 수도 있잖아. 인생 모르는 거야."

나는 1종 보통 운전면허를 가진 사람이 되었다.

머리 짧은 아이의
생멸치회

멸치잡이 배를 탔다. 나는 다섯 살쯤 되었다. 어른들이 타 보고 싶냐고 물었고, 숫기 없던 나는 고개를 끄덕였을 뿐이었다. 사람들이 모두 타고 멸치잡이 배가 떠났다.

배에서 조용히 있다가 어느 순간 입을 열었다. 엄청 혼났다. 사실 내가 혼났다기보단, 그냥 온 배가 난리가 났다. '재수 없게' 여자가 배에 탔기 때문이었다. 하지만 이미 탔으니 바다 한가운데서 내리라고 할 수도 없는 일이었다. 자포자기하고 멸치를 잡은 어부들은 나에게 살아 있는 멸치 몇 마리를 초장에 푹 찍어서 건넸다.

"이런 건 평생 먹어보기 힘든 거다. 아무나 먹을 수 있는 게 아니다. 특히 넌 가스나니까 앞으로는 절대 못 먹어볼 거고. 그

나를 이루어준 세계

러니까 많이 먹어라. 넌 복 받은 줄 알어."

파닥파닥 뛰던 멸치의 맛은 아직도 기억날 정도다. 살아 있
는 멸치회는 반짝였고, 형용할 수 없이 맛있었다.

머리가 짧아서 남자아이로 여겨지던 나는 종종 금지된 곳에
들어가는 게 허용됐다가 나중에 발각돼서 혼날 적이 있었다. 반
대로 쪼그려 앉아서 오줌 누다가 깜짝 놀라는 친구 엄마를 마주
하는 적이 있다거나. 그것도 또렷이 기억나는 목소리다.

"엄마야, 니 가스나가?!"

친구 엄마는 내가 머스마인 줄 알고 더 얹어준 반찬에 대해
순간 생각했을지도 모르겠다. 그런 일은 나에게 얼마든지 있
었고, 남자아이이면, 혹은 여자아이이면 어떻게 다르게 대해
지는지를 아주 어릴 때부터 알 수 있었다.

예전엔 식당이건 어떤 가게이건 첫 손님이 여자면 재수 없
다며 나가라고 했다. 내가 다니던 중학교 근처엔 신림동 순대타
운이 있었고, 하교하고 신나서 순대 먹으러 들어가면 아직 첫
손님을 받지 않은 가게에선 우리를 못 들어오게 했다. 택시도
그랬다. 어떤 택시기사님들은 여전히 첫 손님으로 여자를 태우
지 않으려 한다. 다만 나는 얼핏 봐서 여자 손님인 줄 몰랐다가
태우고 나서야 괜한 소리 하는 기사님을 가끔 겪을 뿐이다.

"하아… 여자분인 줄 알았으면 안 태웠을 텐데…… 첫 손님 이거든요."

이 말은 불과 2년 전에도 비가 억수같이 쏟아지던 날 새벽까지 야근하고 집에 가려다 들었다. 나는 이제 어른이라, 그냥 넘기고만 있지는 않는다. "저 내릴까요? 이렇게 비가 오는데." 했더니 한참 사과를 하셨다. 하지만 왜 여자분이 이 시간에 택시를 타냐는 핀잔, 왜 여자분이 이 시간까지 야근을 하냐는 핀잔, 왜 여자분이 이 동네에서 일을 하냐는 핀잔 같은 걸 계속 들었다. 비가 그렇게 쏟아지던 새벽, 빈 택시를 잡을 수 있었던 행운은 나에게 생멸치회와도 같았다.

언젠가 지인이 데려가준 식당 음식이 너무 맛있어서 꼭 다시 가려고 했는데, 거기서 요즘 생멸치회를 판다고 한다. 내 입에는 침이 고였다. 처음 맛본 그 훌륭한 음식의 자극과 함께, 그 기억에 촘촘히 박힌 다른 생멸치회들이 따라 올라온다. 생멸치회는 나에게 참 맛있는 기억이다.

망둥이 할아버지와
닭 잡는 할머니

방바닥에 배를 깔고 누워서 편지를 썼다. 편지를 봉투에 넣고, 왼쪽 위편에는 '보내는 이', 오른쪽 아래편에는 '받는 이' 아래 이름과 주소를 적었다.

보내는 이
손녀 나리
우편번호 □□□-□□□

받는 이
망둥이 할아버지
강화도 길상면 동검도
우편번호 □□□-□□□

나는 섬에 사는 우리 할머니 할아버지가 보고 싶었다. 그런데 나는 할머니 할아버지 이름도 모르고, 주소를 알려줄 사람도 없었다. 그래서 기억나는 모든 걸 봉투에 적었다. 아빠 가족 앞에서 엄마와 관련된 이야기를 꺼내기가 어려웠다. 나는 어른들 몰래 우표를 사서 얼른 붙였다. 우체통에 넣었다. 1990년 무렵, 그 편지는 도착했을까?

전쟁 때 북에서 오셨다는 엄마의 부모님은 강화도의 작은 섬에 정착하셨다. 할머니는 추운 날이면 시골집 장판이 까맣게 탈 정도로 군불을 때고 이불을 덮어뒀다. 나에게 거기 쏙 들어가라며 웃었다. 할아버지는 아침마다 나를 보면 '이 간나' 하면서, 예뻐서 어쩔 줄을 몰라 하셨다. 그리고 어린 나에게 작은 배를 만들어줬다. 나는 바닷가 돌 위에 앉아서 끝도 없는 서해안의 갯벌을 바라보다, 밀물이 들어오면 배를 띄워서 물고기를 잡았다.

어느 날은 밀물이 들어오는 걸 기다리다 갯벌 지평선이 보이는 멀리까지 나갔다. 먼 바다의 갯벌은 뻘 색깔도, 구멍 모양도 달랐다. 신나서 밟아보고 파보다가 커다란 조개를 발견했다. '할머니 갖다 드려야지!' 생각하며 기뻐서 허리를 편 순간, 밀물이 들어오고 있었다. 아무도 없던 바다에 물이 차올랐다. 나는 죽을힘을 다해 해안가 방향으로 뛰었다. 마지막 순간에는 물이 나를 덮쳐서 헤엄을 쳤다. 뭍에 도착하니 이제 살았다는 생각이 들었다. 나는 아무렇지 않은 척 집으로 돌아갔다.

나를 이루어준 세계

"할머니! 나 조개 진짜 큰 거 잡았어!"

내가 보낸 편지는 잘 도착했다. 섬에 우편물을 배달하는 집배원은 '망둥이 할아버지'가 누군지 잘 알고 있었다고 한다. 내가 보낸 편지들을 모두 잘 받으셨다는 이야기는 몇 년 후에 들었다. 도시로 돌아간 나는 그 삶에 적응해갔고, 혼자 그 섬을 그리워했다. 바다 한가운데서 죽을 뻔했던 나만의 비밀을 간직한 섬, 나는 그곳에서 살아 돌아왔다.

동검도 집에는 먹을 것들이 다 집 주변에 있었다. 닭이랑 칠면조에 각종 야채까지 모두 마당에 있었고, 바로 뒷산 가면 도토리 있고 바로 아래로 가면 갯벌 있는 바다가 있었다. 할아버지는 섬에서 망둥어를 제일 잘 잡았다. 할아버지가 해주는 망둥어조림 하나만 있으면 밥이 몇 공기씩 들어갔다. 밭에서 갓 딴 토마토 맛이 아직도 기억난다. 할머니가 닭 잡으러 올라가면, 나는 나뭇가지를 모아 불을 지폈다. 그러고는 할머니가 닭 털 뽑기를 기다려서, 암탉 뱃속에 달걀이 되려고 차례로 기다리는 작은 알들을 꺼내서 나뭇가지에 꽂고, 불에 살살 구워 먹었다. 물에 살건 뭍에 살건 동물은 직접 잡아서, 식물은 채집하고 수확해서 먹는 생활이었다. 내 관점에서 그 집에 없는 건 눈깔사탕뿐이었다. 그건 읍내 나가면 할머니가 사줬다.

옛날 일이다. 할매할배 떠나신 자리에 남은 그리움이기도 하고, 또 내가 자라면서 가장 많은 영향을 받은 공간이기도 했다. 대부분의 시간은 도시에서 자랐지만, 유년기에 그 섬에서 살아볼 수 있었던 게 나에게는 좋았다. 할매할배랑 딱 이틀만 거기서 다시 살아보고 싶다. 그땐 사랑한다고 꼭 말할 거다.

나를 이루어준 세계

해가
지는 곳

나는 백령도에서 생겨났다. 아빠는 해병대 장교였고 엄마
는 새마을금고에 새로 온 직원이었다. 아빠는 백령도에 흐드
러지게 피어 있던 나리꽃을 보고 내 이름을 지었다고 한다. 엄
마는 원래 강화도 남단에 붙은 작은 섬인 동검도에서 살고 있
었다. 그래서 나도 어린 시절 일부를 동검도에서 보냈다.

친구랑 점심 먹기로 하고 친구집 근처로 갔는데, 문득 서울
을 벗어나고 싶어서 일단 강화도 방면으로 갔다. 종종 가는 전
등사나 갈까 하다가 친구가 "너 어릴 때 살았다는 섬 가보자."
해서 동검도로 갔다. 서해의 갯벌 앞에서 자꾸만 탄성이 나왔
다. 좋았다.

작은 섬 동검도에서 다시 나온 우리는 강화의 곳곳을 돌았

다. 그리고 다시 육지로 돌아가는 다리에 다다른 순간, 친구가 물었다.

"나리야, '일몰'은 독일어로 뭐야?"

"Der Sonnenuntergang."

"데준눈터강, 우리 그거 보러 가자."

나는 재빨리 차를 돌렸다. 해 지는 방향으로 계속 가면 되겠거니 하고 달렸다. 가다 보니 검문소가 나왔다. 들어가면 안 되는 곳인가 싶어서 차를 돌리려는데, 다른 차가 들어가길래 따라갔다. 군인이 창을 내리라고 하더니 어디 가냐고 물었다. 얼른 내비게이션에서 보이는 섬 이름을 댔다.

"교동도요."

종이에 잔뜩 적어서 내민 후에야 출입증을 받았다. 괜히 기분이 이상했다. 지도를 제대로 보니 북한이 코앞이었다.

조금 더 가니까 교동대교가 나왔다. 바다를 가로지르는 다리의 왼쪽은 남한, 오른쪽은 북한이었다. 그리고 정면에는 크고 둥글고 빨간 해가 보였다. 친구가 말했다.

"해가 이렇게 크다는 생각은 못 했어."

서쪽으로 가면 갈수록 해는 커졌다. 신기한 일이었다. 해와 지구 사이의 거리, 그리고 지구의 크기에 비하면 우리가 이동하는 거리는 너무도 짧은데, 해는 자꾸만 커졌다. 주변의 모든 것들이 점점 사라지고 있었기 때문이고, 해가 잦아들면서 붉은 빛이 온 데 퍼졌기 때문이었다. 하지만 해에 가까워지는 기분이 드는 건 어쩔 수 없었다.

어느 순간 주변을 둘러보니 정말 아무것도 없었다. 단지 왼편으로 보이는 논과 오른편의 가로막힌 철조망과 그 사이로 보이는 북한땅 외엔, 사람도 보이지 않았다. 우리는 계속 해를 향해 갔다. 해가 지는 곳으로 들어가려고.

바다 너머 그 해가 지는 곳으로 계속 가면, 거기 백령도가 있다는 걸 지도를 보고 알았다. 아직 내가 가보지 못한, 내가 생겨났다는 그곳을 등지고 서울로 돌아왔다. 백미러로 보이는 뒤는 아직 밝은데 앞은 어두웠다.

아빠만
믿어

아빠는 경상도 가부장인데, '자기 식구' 기죽는 것에 무척 예민했다. 밖에서 기죽어서 오면, 이렇게 말했다.

"니가 돈이 없나 빽이 없나. 아빠만 믿어!"

아빠의 말은 다 뻥이었고 우리는 뭐 별거 없었다. 하지만 나는 그런 허풍에 위로받곤 했다. 그리고 오늘 밖에서 풀이 죽어서 돌아온 와이프에게 나도 모르게, 처음으로 그 문장을 내뱉었다.

"우리가 돈이 없어, 빽이 없어? 나만 믿어!"

어릴 때 보고 배운 대로 하는 내 모습이 문득 쑥스럽고 이상했다. 하지만 기죽었던 와이프 기분이 좋아졌다. 무조건 내편. 아무도 내 편 안 들어줄 것 같을 때 무조건 내 편. 내가 다책임진다고 할 자격이 있어서 더 확실히 내 편 같은, 뭐 그런

나를 이루어준 세계

건가 보다.

아빠는 내가 어디 가서 맞고 왔다는 소식이 들리면 먼저 달려갈 사람이라는 걸 알겠다. 다시 연락하게 되면 아빠의 핍박이 시작될 거라 애시당초 남에게 맞았다는 얘기도 안 하겠지만. 아빠는 살림 밑천이라고 생각했던 딸이 독일에서 여자와 결혼했다는 사실을 들어버렸다. 아빠가 무너지면서 보여준 바닥은 내가 미처 알지 못하던 모습이었다.

어릴 때 아빠는 내 영웅이었다. 드문드문 나타났던 기억 속의 아빠는 나에게 멋진 사람이었다. 나는 아빠를 너무 좋아해서, 크면 아빠가 되고 싶었다. 비록 아빠가 내 영웅으로 남아 있기 위해 우리는 이제 만날 수 없지만, 나는 마음속에 자기만 믿으라고 했던 사람들을 갖고 그 힘으로 살아가고 있다는 걸 안다. 사랑은 영원할 수 있어도 관계에는 끝이 있다고 했던가. 나만 믿으라던 그 사랑의 힘은 영원하구나.

나는 많은 풍파가 지나고 스스로 설 수 있게 된 후 쓰는 글이니까, 부모를 마음껏 미워할 필요가 있는 시기의 사람들은 계속 그래도 된다고, 좋은 순간도 있었다는 걸로 평균점수 안내도 된다고, 감히 덧붙이고 싶다.

하지만 누구나, 그 누구에게건 사랑받은 순간은 있을 테니까, 지금 어떤 기분이건 결국 그 사랑받은 순간들로 인해 살아지는 거더라고도 말하고 싶다. 상처는 아물어도 사랑은 영원하다고, 나는 그렇게 믿고 산다.

기억의
퍼즐 맞추기

　　나는 엄마 얼굴이 기억나지 않았다. 어른들이 TV에 '탤런트' 정애리만 나오면 너희 엄마가 꼭 저렇게 생겼다고 해서, 마음속에서 '엄마는 그렇게 생겼구나.' 하며 품고 있었다. 어른들은 엄마가 나를 버렸다고 했다.

　　나는 엄마가 나와 아빠를 '버린' 날을 기억하고 있었다. 아직도 생각날 만큼 생생하다. 엄마 얼굴은 모르면서 그날은 기억이 나다니. 아장아장 아빠 손 잡고 집에 들어섰는데, 온 집은 난장판이 되어 있고 내 빨간 돼지 저금통은 배가 갈라져 나뒹굴고 있었다. 나는 엄마에게 버림받아서 '불쌍한' 아이로 어른들의 애처로운 표정을 받으며 자랐다.

당시에 국민학교라고 부르던 초등학교에 들어가기 전에 나는 많이 아팠다. 말을 안 해서 병원에 데려갔다가 자폐 진단을 받기도 했고, 쓰러진 후 꽤 오래 걷지 못해서 유치원도 못 다녔다. 그런 나를 할머니가 업고 다녔다. 1980년대엔 제대로 된 진단도 치료도 없었고, 민간요법으로 뭔가 쓰고 맛없고 징그럽고 이상한 걸 계속 먹었던 기억만 어렴풋이 난다. 집에서 혼자 카세트테이프 딸린 동화책 전집을 계속 혼자 보더니, 어느 날 알아서 글을 읽었다고 한다. 그리고 초등학교 갈 즈음에는 걸을 수 있게 됐다. 전교에서 내가 제일 작고 말라서, 나는 키 순서대로 우리 반 1번이 됐다.

초등학교 2학년 1학기의 마지막날, 그러니까 여름방학이 된 날 방학 숙제를 받아들고 집에 갔더니 뾰족구두 두 켤레가 놓여 있었다. 나는 엄마라는 걸 직감했다. 순간 심장이 멈추는 것 같았다. 한편으론 설마, 엄마가 혹시 나를 찾으러 온 걸까 하고 가슴이 두근거렸다. 꿈에서만 있을 것 같은 일이었다.

뾰족구두의 주인공은 정말 엄마였다. 다른 한 켤레는 큰이모 것이었다. 엄마와 이모는 진한 화장에 투피스 입고 무릎을 꿇고 있었고, 나를 키우며 며느리를 원망하던 할아버지는 곰방대를 물고 몸을 45도 비틀고 있었고, 할머니는 옷고름으로 눈물을 닦고 있었다. 들어온 나를 보더니 할아버지가 말씀하셨다.

"나리 이리 와봐라."

할아버지는 나에게 이 사람이 너희 엄마라고 했다. 엄마가 너를 데리러 왔으니, 이제 엄마 말씀 잘 들어야 한다고 했다. "느그 에미가 내 눈앞에 나타나면 다리몽댕이를 뽀사뿐다."던 어른들은 거기 없었다. 엄마는 나를 안아보고 싶어 했지만, 나는 할머니 할아버지 앞에선 그러면 안 될 것 같아서 주저했다. 하지만 엄마, 불러보고 싶었던 그 단어, 만져보고 싶었던 그 얼굴. 믿을 수 없는 일이 내 앞에서 일어나고 있었다.

나는 그날로 새마을호를 타고 엄마를 따라갔다. 무궁화호보다 좋은 기차를 타본 건 처음이었는데, 엄마는 그런 나를 식당칸으로 데려가서 서양식을 사줬다. 엄마의 옷차림은 정말 탤런트 정애리같이 멋졌다. 엄마는 강릉에서 양품점을 하고 있었다. 나는 촌티가 줄줄 흘렀다. 엄마는 나를 예쁘게 입히고, 처음 보는 좋은 것들을 먹였다.

딱 1년, 엄마와 같이 강릉과 인천에서 살았다. 나에게는 엄마와 살아본 유일한 기억이고, 우리는 그때 둘이서 행복했다. 하지만 나는 학교에 가서는 아빠가 중동에 돈 벌러 가셨다는 거짓말을 했다. 아빠와 살아본 기억도 거의 나지 않았지만, 선생님과 아이들은 끝없이 부모님 이야기를 하기에 나는 중동에

간 아빠 이야기를 했다. 아빠는 마산에 있었어도 나는 중동에 있는 상상 속의 우리 아빠를 그리워했다.

엄마는 나를 다시 빼앗겼다. 어렵던 아빠 사업이 잘돼서, 그리고 새엄마가 낳은 아이가 꽤 자랐기 때문이었던 것 같다. 방학이라 아빠 집에 잠깐 갔을 때 고모들이 찾아왔다. 고모들은 나를 붙잡고 엄마가 나를 보내고 싶어 한다고 말했다. "느그 엄마가 니 키우는 거 힘들다 카더라. 느그 엄마도 새 출발 해야 될 거 아이가? 느그 아빠랑 살면 엄마도 있고 남동생도 있고 번듯하다 아이가?" 엄마랑 살 거냐는 고모들의 질문에 나는 단호하게 "아빠 집에서 살래요." 했다. 초등학교 3학년이던 나는 엄마에게 다시 버림받았다고 생각했다. 하지만 어차피 아빠는 나를 또 버렸고, 버리고, 또 버렸다.

성인이 되고 나서야 엄마가 나를 두 번이나 버린 게 아니었다는 걸 알았다. 아빠 집은 잘 살았고, 엄마는 가난한 집에서 왔다고 구박받다가 고모들에게 쫓겨났고, 고모들은 아빠를 속이기 위해 엄마를 쫓아낸 후 마치 엄마가 집을 나간 것처럼 꾸몄다. 아빠는 충격에 빠졌고, 나를 버렸고, 바로 새엄마와 살기 시작했다. 아빠 집안은 많던 재산을 모두 잃었고, 하루아침에 가난해진 할아버지 할머니는 아픈 나를 키웠다. 그리고 때마

나를 이루어준 세계

침 가난했기에 나를 찾으러 온 엄마에게 잠시 보냈다. 돌아가실 때까지 내가 엄마에게 버림받은 아이라 믿으셨다. 심지어 아빠도, 자신을 '사랑했던 사람에게 버림받은 남자'로 알고 있다. 엄마가 나를 보내고 싶어 한다는 것도 고모들의 거짓말이었다. 그리고 고모들에게 내 대답을 전해 들은 엄마는 어린 내가 엄마를 떠나고 싶어 했다고, 엄마 아빠 다 있는 온전한 가족으로 살고 싶어 한 걸로 오랫동안 잘못 알고 있었다. 우리가 그 오해를 서로 확인했던 날엔 이미 20년의 시간이 지나 있었다.

조각난 내 기억은 마치 파편 같았다. 이해할 수 없는 상황들이 너무 많았고, 변화와 충격이 너무 많았다. 어른들은 거짓말도 숨기는 것도 많았다. 아이가 이해하고 받아들이기에는 무리였다. 그리고 성인이 거의 다 되어서야 한 조각씩 퍼즐 맞추듯 상황을 조금씩 이해하곤 했는데, 스무 살에 교통사고로 머리를 다치면서 어릴 때 기억이 사라졌다. 그러다 시간이 지나고, 다시 하나씩 기억이 나기 시작하면, 나는 그 기억들을 기록하곤 했다. 한 조각 기억이 날 때마다 나는 많이 아팠다.

문득 깨달았다. 이제 내 기억의 퍼즐은 모두 완성되었다. 그리고 기억들은 내가 감당할 수 없어서 사라졌다가 하나씩 돌아왔다는 것을 이해하게 되었다. 이렇게 개운한 적이 없었다.

엄마가 이미 마흔이 넘은 나에게 '엄카'를 쥐어줬다.

"어디 가서 기죽지 말고 친구들 맛있는 거 사줘."

내가 어디 가서 기죽을 성격은 아닌데, 엄마는 내가 기죽을까 봐 그렇게 걱정을 한다. 그리고 "내가 아직 너를 키운다." 같은 말을 웃으면서 하곤 한다. 친구에게 엄카 받았다고 말하며 맛있는 거 먹으러 가자고 했다. 친구가 말했다.

"와, 나는 방금 딸한테 이런 문자 받았는데. '열 명에게 보내지 않으면 저주…….'"

우리는 낄낄대고 웃었다. 나는 엄마가 나에게 왜 이렇게 잘해주는지 이제서야 정말 알게 되었다. 그리고 흐릿하고 고통스러웠던 그 모든 것을 이해할 수 있게 되었다. 아기 때, 어린이 때, 청소년 때, 20대까지. 자라면서 때때로 느꼈던 알 수 없던 감정들은, 연결 지점이 촘촘한 기억의 선들이 모두 빛을 밝힌 것처럼 보이게 되었다. 아빠가 왜 언젠가 술에 취해 나에게 전화해서 "나리야, 아빠가 나리를 버려서 미안하다."라고 했는지도 이해할 수 있게 되었다. 나는 누가 키워서 자라지 않았다는 것을 이해했다. 그리고 엄마가 지금 나를 키우고 있다는 것도 이해했다.

모든 것이 생생하고, 이해되고, 받아들여졌다. 슬프지 않고, 완성되었다.

나를 이루어준 세계

변사또의
손녀

아빠 대신 나를 키워준 아빠의 엄마, 우리 할머니에게는 아
침의 의식이 있었다. 참빗으로 머리를 빗어서 비녀를 꽂아 머
리를 고정하고, 꼿꼿하게 허리를 펴고 오른 다리를 올려세워
앉아서 무릎에 팔을 걸치고, 돋보기를 콧등 아래로 걸쳐 쓰고
큰글자 책을 읽었다. 할머니의 할아버지는 조선의 사또였다고
했다. 그런데 우리 할머니 성은 변씨다. 변사또의 손녀.

며느리인 우리 엄마에게도 할머니는 조곤조곤 옛날 얘기
를 해주시곤 했단다. 할머니 열두 살이었던가, 동네에서 일본
에 돈 벌러 갈 여자아이들을 모집했다고 한다. 할머니도 거기
가셨다. 일본에는 이미 할머니의 오빠가 살고 계셨고, 조선에
서 온 여자아이들을 어디로 데려가는지 알고 계셨던 할머니

의 오빠가 손을 써서 돌려보내셨단다. 하지만 일본에서 돌아온 여자의 혼처를 찾기 쉽지 않아서, 그래서 겨우 찾은 할아버지와 갑작스럽게 혼례를 올리게 된 거라고 했다. 가마 타고 오면서 남편이 성하지 않은 사람이면 어쩌나 걱정했던 할머니 이야기를 들었다. 팔을 모아 들고 절을 하려는데, 앞을 보니 건장한 남자가 서 있더란다. '아이고, 살았다.' 했다 하셨다.

할머니 살아 계셨으면 백 살이 넘었겠다. 하루는 깨끗하게 씻으시더니 맏며느리인 내 큰엄마에게 자식들을 다 불러달라고 하셨다. 다 모인 자식들에게 한마디씩 하고 바로 눈을 감으셨다. 나는 할머니의 임종을 보지 못하고, 뒤늦게 도착해서 이미 할머니 코에 솜이 들어 있는 모습만 봤다. 큰집에서 치른 장례식 내내 나는 울지 않았다. 장지로 가던 버스에서도 울지 않았다. 친척들은 할머니가 얼마나 애지중지하던 손녀인데 눈물 한 방울 보이지 않느냐며 나를 타박했다. 할머니 손에 자란 나는 그날의 감각이 잊혀지지 않는다.

할머니 돌아가시고 얼마 지나지 않아 나는 외삼촌이 살던 서울의 반지하 방에서 혼자 살게 됐다. 중학교 2학년이었다. 이제 나를 맡아 키울 사람이 없었다. 전학 간 학교를 다녀오는 길에는 호떡 파는 할머니가 있었다. 우리 할머니랑 정말 똑같

나를 이루어준 세계

이 생긴 분이었다. 우리 할머니처럼 빗은 머릿결이 고왔고, 우리 할머니처럼 조곤조곤 재미있는 이야기를 잘 해주셨다. 나는 호떡 할머니가 보고 싶어서 자주 호떡을 사 먹었다. 어느 날 호떡 할머니가 더 이상 그 자리에 없었다. 나는 주변 상인들에게 호떡 팔던 할머니 어디 가셨냐고 눈물이 그렁그렁해서 물으러 다녔다. 호떡 파는 할머니 행방을 아는 분은 아무도 없었다. 우리 할머니가 보고 싶었다.

할머니 돌아가신 이듬해 방학, 큰집에 가서 나는 급히 신발을 벗고 "할매!" 하면서 할머니 방으로 달려갔다. 할머니가 너무도 보고 싶었다. 그리고, 할머니가 돌아가셨다는 사실을 그제야 깨닫고 할머니방에 주저앉았다. 내 모습을 본 큰엄마가 나중에 말했다. 어린아이가 짐승처럼 울어서, 옆에서 보던 자신도 눈물이 나더라고.

할매, 나 시집가는 거 보고 간다 그랬잖아. 나 결혼했어. 그리고 할매가 남들 앞에선 말 못 했지만, 장손보다 사실 내가 더 좋다고 내 귀에 대고 속삭였잖아. 할매, 나 사랑해주고 잘 키워줘서 고마워. 근데 할매, 가스나가 문지방 밟으면 안 된다고 할매가 하도 그래서, 요즘 집엔 문지방이 없어졌어. 할매 속 썩이려고 일부러 밟았어. 할매 손녀는 다 반대로 했잖아. 밟을 문지

방이 더 이상 없다는 게 새삼스럽게 생각나는 날이 있어. 난 그런 날엔 할매 생각이 나서 눈물이 핑 돌아. 강산은 세 번 바뀌었는데 할매가 여전히 그리워.

할매, 나는 마흔이 넘어서야 이해하게 됐어. 일제강점기와 한국전쟁 시대를 살고, 더구나 노년에는 너무도 고생스럽게 살아야 했던 할매가 끝까지 놓지 않았던 게 양반의 품위였다는 거. 그걸 나에게 가르치려고 애썼다는 걸 이제야 알겠어. 그 마음을 알겠어. 할매, 나 지금 무척 행복하게 살아. 근데 할매가 나 꼭 되라던 변호사는 안 됐어. 나는 수학이랑 물리를 잘해서 이과에 갔거든.

내 별명은
김 변호사

어릴 때 동네 어른들은 내가 말을 잘한다며 나를 '김 변호사'라고 불렀다. 이런 말을 곧잘 하곤 했다.

"하지만, 저는 어린이예요!"

어른들은 어린이 마음을 잘 몰랐다. 왜 어른들은, 자기들도 언젠가는 어린이였으면서 어린이 마음을 모르는지 알 수 없었다. 세상은 아직 이해할 수 없는 것들과 알고 싶은 것들로 가득했다.

"저건 어떻게 읽는 거야?"

차를 타고 가면, 나는 눈에 보이는 간판을 읽고 싶었다. 이미 말은 잘하는데 글은 읽을 줄 몰랐다. 나는 아직 시계도 읽을 줄 몰랐다. 사는 게 쉽지 않았다. 하지만 어차피 미래는 정해져 있었다. 나는 아무튼 변호사가 될 거고, 스무 살이 되면 아빠 말대로 시집을 갈 거고, 동네 아이들과 소꿉장난할 때 그랬듯 아빠가 될 예정이었으며, 장래희망은 현모양처였다. 나는 내가 들은 모든 것이 될 수 있었다.

'김 변호사'라고 부르는 아이에게 어른들은 자기 속 이야기를 꺼내곤 했다. 나는 끄덕끄덕 들을 뿐이었는데, 누군가는 울고, 누군가는 웃었다. 사람들은 말을 잘하는 똑똑한 사람이 자신을 변호해주기를 원하지만, 가끔은 잘 들어줄 사람이면 충분하다는 것을 어렴풋이 알게 됐다. 나는 어른들에게 들은 이야기를 다른 어른들에게 말하지 않았다. 그건 우리의 비밀이었기 때문이다. 비밀을 지키는 대신, 나는 어른들의 주름진 살결을 실컷 만질 수 있었다.

김 변호사가 별명이었던 어린이가 사춘기 청소년이 되어 잠깐 상상했던 직업은 '동성부부 이혼전문 변호사'였다. 어른이 되면 나도 여자친구와 결혼할 수 있는 세상이 올 거라 생각했다. 그렇게 세상이 바뀌는 순간에는 이미 맥락을 파악할 수 있는 전문 인력이 필요할 거라는 생각이 들었다. 스스로 당사자라는 내 장점과 부모님이 이혼한 경험 모두를 발휘할 수 있는 작업이라고 생각했다.

고등학생 때, 여자친구와 나는 학교를 졸업한 후의 그 까마득한 미래를 함께 상상했다. 우리는 각자가 잘하는 것을 직업으로 갖고, 손잡고 나란히 서서 먼 바다를 바라보자고 했다. 아직 우리는, 우리가 잘하는 모든 것이 될 수 있었다.

그리고 나는 법대의 비읍 근처에도 가지 않았다.

열없습니더

하루는 아빠 지인 가족과 우리 가족이 호텔 식당에서 밥을 먹었다. 아빠의 지인인 아저씨는 유명한 체육인이고, 아빠는 그분이 유명해지기 전 코치였다고 했다. 남자들의 사제관계를 중심으로 한 가족 모임이었다. 어린 내 눈에 아저씨 가족은 미래에서 온 사람들 같았다. 특히 아저씨 부인이 그랬다. 입은 옷도, 당당한 말투도, 표정도, 그리고 아저씨가 부인을 대하는 태도마저도.

어른들은 자연스럽게 술을 주문했다. 아저씨의 부인이 새 엄마에게 술을 권하며 물었다.

"사모님도 술 한잔씩 하시지예?"

아저씨 부인은 이미 맥주병을 손에 들고 이내 새엄마 앞에

나를 이루어준 세계

놓인 잔에 따르려는 참이었다. 그리고 새엄마가 답했다.

"어데예. 열없습니더."

나는 서울, 경기도, 강원도, 그리고 아빠 집인 경상도를 오가며 자라서 몇몇 어려운 경상도어를 다 알아듣지는 못했다. 그게 어떤 상황인지 몰라서 나중에 열 살 많은, 당시 갓 성인이 된 사촌오빠에게 그 상황을 묘사하며 물었다. 오빠는 통역사가 된 것처럼 말했다.

"서울말로 치면 느그 엄마가, '아니요, 무슨 말씀이세요. 여자가 술을 마시다니 부끄럽습니다.'라고 한 기지. 느그 아빠가 느그 엄마 술 못 먹게 한다 아이가."

새엄마는 아저씨 부인이 권하는 술을 '열없다'며 끝내 받지 않았다. 대신 다음 대화를 이어갔다. 지금 와서 생각하면 새엄마는 그 자리가 술을 마실 수 있는 권리보다도 더 큰 소망을 이룰 기회라 생각했던 것 같다. 어느덧 아저씨는 부인에게 새로 사준 자동차 이야기를 하고 있었다. 새엄마가 재빠르게 반응했다.

"운전도 하십니꺼? 대단하십니더."

"애들 아빠가 바쁘니까, 제가 배우게 됐네요."

새엄마는 아빠 눈치를 한번 슬 보더니, 말을 이어갔다.

"우리 애들 아빠는 운전을 못 하게 하는데……."

아빠는 체면이 있으니 평소처럼 새엄마에게 면박을 주지

는 못하고, 상황을 모면하고 싶을 때 하던 것처럼 허허 웃기만
했다.

집으로 돌아오는 길에 새엄마와 아빠가 나누는 대화를 들
었다.

"여보, 요새는 여자들도 운전한다. 내도 하고 싶어요, 응?"

"시끄럽다. 니는 안 돼."

새엄마는 이후에도 몇 번이고 운전을 배우고 싶다는 의지
를 내비쳤고, 매번 아빠에게 무시당했다. 여자는 운전을 해서
도, 경제활동을 해서도 안 된다는 게 아빠의 원칙이었다. 가스
나는 스무 살이 되면 아빠가 정해주는 남자에게 시집가야 한
다는 말과 비슷했다.

시간이 흐르고 나는 성인이 되었고, 집을 떠난 지도 한참
지난 후였다. 새엄마와 통화를 한 적이 있다. 아빠 사업이 어려
워져서 새엄마가 회사에 다니기 시작했다는 말이었는데, 새엄
마 목소리에 기운이 가득 차 있었다.

"아빠가 일하게 냅둬요?"

새엄마는 내 질문에 무척 신나 하며 답했다. 이미 많이 받
아본 질문이겠다 싶었다.

"지가 우짤 끼고. 당장 묵고살아야 되는데."

"거기 위치 애매하구 일 너무 늦게 끝나는데 출퇴근은 어떻게 해? 아빠는 저녁 안 차린다고 뭐라고 안 해? 아빠는 엄마 없으면 넥타이도 못 매잖아요."

새엄마는 이어진 내 질문에 더 즐거워 보였다.

"느그 아빠가, 내 평생 운전 못 하게 한다 아이가. 그래서 엄마가, 운전면허 딴다고 했더마, 맨날 델따주고 데릴러 오고 한다. 술도 먹으러 안 가고, 저녁은 알아서 꺼내서 차리 묵고. 얼라들 밥도 맥이고. 그래도 넥타이는 딱 묶어놓고 가라카대?"

새엄마는 아빠가 매일 출퇴근 시켜주는 일상에서 여자로서의 행복을 느낀다고 했다. 나는 새엄마가 아빠와 함께 살아온 세월에 대한 부채감이 있었다. 새엄마를 억압하는 아빠가 지지하고 아끼는 딸이라는 미안함이 있었기 때문이었다. 아빠에게서 새엄마를 지키지 못했다는 마음도 있었다. 나는 그래서 더욱 새엄마가 느낀다는 그 '여자로서의 행복'이 달갑지 않았다. 그리고, 그래서, 새엄마가 나에게 가한 일들을 자꾸만 용서하려고 하게 되기도 했다.

시간이 더 흘러 나는 30대가 되었다. 아빠와 통화할 기회가 생겼다. 아빠는 내가 '시집'을 안 가서 거의 울기 직전이었다. 아빠와 대화를 풀어가던 나는 물었다.

"아빠, 그럼 아빠는 내가 새엄마처럼 살았으면 좋겠어요?

운전도 하면 안 되고, 자기 일도 못 하고, 넥타이 못 매는 남편 넥타이 매일 묶어줘야 하고, 남편한테 맞고."

아빠가 화들짝 놀라더니 말했다. 의외였다.

"안 되지. 내 딸은 절대 그렇게 살면 안 되지. 누구 자식인데! 당당하게 살아야지! 자기 사업도 해야지!"

어느덧 마흔이 되어 돌아보니, 내가 스스로 만들어온 내 삶은 아빠가 그토록 나에게 원했던 모습이기도 했다.

열네 살의
전학생

경상도 살다가 서울로 전학 갔더니, 우리 반에서 나름 '노는 애'인 남자애가 내 짝이 됐다. 짝은 기선을 제압하려 했는지 사소한 걸로 트집 잡고 한국 남자들이 가장 많이 하는 욕 'ㅅㅂㄴ아', 그걸 했다. 나는 그 억양이 너무 귀여워서 그만 웃어버렸다.

"니 진짜 귀엽네?"

짝은 태어나서 처음 겪어보는 상황인 듯 너무도 당황해했고 얼굴도 빨개졌다. 그때는 특히 '센 척하는 서울 남자애들' 말투가 그렇게 신기하고 귀여웠다. 나는 진심이었다. 하지만 애들은 내가 짝을 이겼다고 생각했는지, 어느 날 우리 반 애가 나한테 봉투를 들고 왔다. 대사도 생각난다.

"야, 전학생. 울엄마가 너 갖다주래. 너가 나를 지켜줘야겠어."

봉투에는 돈이 들어 있었다. 서울은 참 이상한 곳이라는 생각이 들었다. 나는 곱게 거절할 말을 찾아야 했다.

"됐다 마, 치아라……."

엄마가 준 돈봉투를 나에게 내민 같은 반 친구를 울렸다. 나는 "아니야, 됐어……."라고 말한 거였지만, '치아라'는 서울에서 아주 다른 뜻이 될 수 있다는 걸 잘 몰랐다. 이후 몇 가지 사건이 더 생겼고, 아이들은 마냥 센 줄 알았던 전학생에게 관심이 많아졌다. 쉬는 시간이면 내 옆에 와서 이것저것 궁금했던 것들을 물었다.

"경상도에도 치즈 팔아?"

나는 그 질문에 더 멋진 답을 했어야 했다고, 그 일이 지나고 나서도 한참을 생각했다. 하지만 나는 이미 우리 반 '일짱'인 짝에게 귀엽다고 하지도 않았어야 했고, 돈 받고 자기를 보호하라던 친구에게 '치우라'고 하지도 말았어야 했다. 아무튼 나는 그래도 경상도에도 치즈가 있다는 걸 앞으로 같이 지낼 친구들에게 자세히 알려주고 싶었다. 그리고 나도 치즈 파는 곳에서 왔다는 공통점이 우리 사이에 있다는 걸 말할 필요가 있었다. 공통점은 사람을 가깝게 느끼게 하기 때문이다.

"있다! 우리 동네에, 맥도날드도 생겼다!"

사실이었다. 맥도날드가 생긴다는 소문이 돌았고, 정말 시내에 맥도날드가 생겼다. 친한 친구들과 같이 하굣길에 버스 타고 갔었다. 하지만 맥도날드에 딱 한 번 가보고 나는 갑자기 전학을

나를 이루어준 세계

오게 됐다. 한 달만 일찍 전학 왔으면 맥도날드 얘기를 못 할 뻔
했다. '와, 진짜 촌에서 온 전학생 될 뻔했잖아.'라고 생각하며 가
슴을 쓸어내리려던 찰나, 애들이 배를 잡고 웃기 시작했다.

같은 반 친구들은 처음에는 나를 무서워했다가, 말투며 다
른 경험 같은 걸 찾아내서 뜯어보고 놀리더니, 결국엔 쉬는 시
간에 팔짱을 끼고 매점에 데려가거나, 학교 도서관 가서 같이
공부하자고 하거나, 점심 도시락을 같이 먹자며 자리에 끼워
줬다. 그런데 하루는 아침에 늦잠을 자서 도시락 쌀 반찬을 만
들 시간이 없었다. 점심시간에 도시락을 열었는데, 점심 같이
먹던 친구 중 한 명이 그랬다.

"같이 먹는 친구들에 대한 예의가 아니잖아."

나는 말하고 싶지 않았던 사실을 말했다. 혼자 산다는 말을
하고 싶지 않았는데, 도시락을 내가 싸야 해서 오늘 하루는 제
대로 못 챙겨왔지만, 앞으로는 반찬에 더 신경 쓰겠다고, 친구
들에게 다른 변명거리를 찾지 못하고 그 말을 했다. 밥 같이 먹
던 친구가 훌쩍대기 시작했다. 한 명이 우니까 다른 친구들이
따라 울었다. 나에게 예의가 아니라고 말했던 친구는 나에게
미안해서 엉엉 울었다. 나는 더 이상 뭘 몰라서 친구를 민망하
게 하거나 울리는 사람이 되고 싶지 않았다.

열네 살, 서울의 반지하에서 혼자 살고 있었다.

레즈비언의
사전적 의미

20세기에는 검색 엔진이나 온라인 사전이 아니라 정말 모두가 종이로 만든 두꺼운 사전을 썼다. 이렇게 쓰니까 마치 고대 역사의 서문 같은데, 내 삶의 반은 20세기에 걸쳐져 있다.

20세기, 여자친구가 있던 한 여고생은 같은 반 아이에게 이런 질문을 받는다.

"너 레즈비언이냐?"

여고생은 단어 뜻을 몰라서 일단 대답하지 못하고 집으로 간다. 영어 단어인 것 같은데, 영어 공부를 게을리했던가 생각했다. 스펠링을 모르니까 일단 '국민학교' 졸업식 때 받은 두꺼운 양장 국어사전에서 리을 부분을 연 여고생. 역시 두꺼운 국어사전에는 처음 듣는 외래어 단어도 다 나와 있다. 안도한 여

나를 이루어준 세계

고생은 사전의 정의를 소리 내어 읽어본다. '여자끼리 하는 변태적 성행위'. 20세기의 여고생은 한참을 울었다.

20세기의 그날이 기억나서 여전히 같은 일이 벌어지고 있을까 싶어 검색을 해봤다. 21세기에 들어오면서 사라진 일이었다. 2002년 국가인권위원회는 국어사전 편찬업체들과 조정 절차를 거쳤다. 당시 시판되던 국어사전 중 동성애를 '동성끼리 하는 비정상적 연애', '변태 성욕' 등으로 표현한 사전이 9개였다고 한다.

숱한 차별과 고통, 혼인하지 못해서 일어났던 일들, 나열할 수 없고 이해할 수도 없는 많은 일들은 언젠가 마치 지난 세기의 일처럼 옛사람들의 기억에만 남게 될 거다. 내가 할머니가 되었을 때, 내가 말하는 '라떼'는 그런 이야기였으면 좋겠다. 그 시대의 새 사람들은 전혀 모를 신비한 차별의 이야기 말이다. 할머니가 되면 그때의 이야기를 조곤조곤 들려주고 싶다.

Thank You

사춘기의 나를 키운 건 팔 할이 집 앞 비디오 가게와 극장, 그리고 홍콩 STAR TV였다. 비디오는 더 어릴 때부터 볼 기회가 많았다. 초등학교 3학년 때 엄마는 인천에서 여인숙을 했다. 여인숙 관리실에는 손님들 방에서 보라고 내내 비디오를 틀어놨다. 초등학교 고학년 거의 내내 얹혀살았던 큰엄마네는 비디오 가게를 했다. 나는 학교 파하고 돌아오면 자주 여인숙 관리실과 비디오 가게에서 혼자 시간을 보냈다. 그리고 아빠와 같이 한 일들 대부분이 둘이서 극장에 가거나 집에 같이 누워서 비디오를 보는 거였다. 중학생 때부터 혼자 살게 되자 나는 내키는 비디오를 모두 집어다 집에서 보기 시작했다. 때는 지금의 '아청법'이 생기기 전이라 나에게 술담배를 팔았고, 비디오가게 주인은 나에게 아무 문제 없이 실제 정사 장면이

나를 이루어준 세계

10분 들어간 레오 까락스의 영화도 빌려줬다. 그리고 혼자 살던 어느 날 내 생일엔 나에게 엄마 친구가 세탁기를, 아빠 친구는 '마이마이'를 선물했다. 그땐 나도 남들처럼 카세트테이프에 내가 좋아하는 노래를 레코딩해서 곡명까지 스티커에 써서 붙이곤 소중히 들고 다녔다. 같은 학교 애들에게 내 노래 취향을 들킬까 봐 조마조마했다. 이상한 애라고 할까 봐. 홍콩 STAR TV에서 좋아하는 노래 뮤직비디오가 나오길 기다려서 녹화를 하고 또 내내 돌려봤다. 아직 홍콩은 영국령이라 나도 모던 록에 빠졌다. 음악을 듣기 위해 알바를 시작했다. 미국에 친척이 있다는 친구에게 부탁해서 한국에 들어오지 않은 음반들을 사 모았다. 고등학생이 되고 나선 씨디플레이어를 샀다. 상표도 기억난다. 나의 캔우드. 나중엔 엠디플레이어도 샀지만 워낙 씨디로 소장하던 음반이 많았던 나는 씨디플레이어를 놓을 수 없었다. 고장 나면 뜯어서 고쳐서 다시 쓰고, 대학 가서도, 독일에 가서도 씨디피는 소중히 들고 다녔다. 독일에서 나는 영화학교에 갔다. 지원서에는 내 비디오가게 이야기를 팔았다. 그리고 씨디피는 무려 작년까지 갖고 있다가 한국 오면서 버렸다.

앨라니스 모리셋의 〈Thank You〉를 무한 반복해서 듣다가 감상에 빠졌다. 1995년. Thank you Korea.

유명인사와
청국장

고등학교에선 지각한 아이들을 일주일에 한 번씩 모아서 운동장 청소라든가 화단 잡초 뽑는 일을 시켰다. 하루는 나도 잡초 뽑으러 갔는데, 그 어드메에 앉아서 하늘을 보던 친구가 있었다.

"근데 쟤는 왜 아무것도 안 해?"

궁금해서 옆에 있던 애한테 물었더니, 원래 늘 있는 '유명인사'라고 했다. 말을 붙여보고도 싶었는데 어차피 내가 지각을 할 때나 볼 수 있기도 했거니와, 지각계의 유명인사에게 먼저 다가가서 말을 걸기가 쉽지 않았다. 하릴없이 다른 애들이랑 모여서 잡초를 뽑으며, 멀찌감치 혼자 앉아 있는 그 애를 봤다.

이듬해에 나는 여고 2학년 1반 1번이 되었다. 나는 이름이

나를 이루어준 세계

기역으로 시작하는 김나리라서 1번이었다. 2학년이 된 첫날, 각 반의 1번들은 주번이니까 학교 뒷마당으로 나오라고 했다. 2학년 2반 1번이 내 오른쪽에 섰다. 슬쩍 돌아봤는데 세상에, 그 애였다. 지각계의 유명인사.

"안녕하세요."

나는 순간 놀라서 존댓말로 꾸벅 인사를 했다. 그 친구도 똑같이 인사를 했다. 기회였다. 그리고 운명이었다. 나는 말을 더 붙여야 할 것 같았다.

"저는 누구신지 알아요. 작년에 화단 풀 뽑을 때 본 적 있어요. 제 이름은 김나리예요."

친구도 자기 이름을 말했다. 성이 구씨였다.

"그런데 1반은 김씨가 1번이네요. 거긴 강씨, 구씨, 권씨 이런 성이 없나 봐요? 근데 저희 고등학생인데 왜 존댓말해요? 반말할까?"

지각계의 유명인사와 1학년 때 전학 온 나, 우리 둘 다 고시원에 혼자 산다는 사실을 언제 알게 되었는지 모르겠다. 하지만 그걸 알게 된 날 우리는 비로소 가까워졌다. 고시원 사는 여고생이라는 공통점은 서로에게 많은 것을 설명하지 않아도 알게 하는 연결고리였다.

고시원을 떠나 학교 앞 자취방에서 살게 된 나는 친구를 집에 불렀다. 나는 친구에게 청국장을 끓여줬다. 내 딴에는 몸에 좋은 걸 먹이고 싶었다. 고시원 살 때 나는 주구장창 라면만 끓여 먹었기 때문이다. 하지만 친구 교복 상의에 진하게 청국장 냄새가 배서, 같은 반 애들한테 내내 놀림받았다고 한다. 우리는 아직도 가끔 그 얘기를 한다.

친구와 나는 비슷한 위치에 있는 대학으로 갔고, 가까이 살았다. 우리는 그제야 더 친해져서 둘도 없는 친구가 됐다. 아직도 내 제일 친한 친구다.

"야, 김나리!"

우리는 아직도 여고 시절 말투를 쓰면서 깐죽댄다.

나를 이루어준 세계

내가 오그라고 부르던
옥이

담임 선생님은 차를 교실 가까운 출입구에 세우고, 지나가던 옆반 옥이를 불렀다. 선생님은 다음 수업이 있어서 데려다만 줄 테니까 가서 나리 좀 돌봐주라고, 옥이네 담임 선생님껜 말씀드려 놨으니 쉬는 시간에 얼른 나리집에 가자는 말이 들려왔다.

"야, 이런 걸 먹으니까 아프지……."

옥이는 내가 자취하던 집에 나를 부축해서 옮겨놓고 부엌을 살피다가, 내가 먹다 남긴 흰죽을 발견했다. 나는 너무 아프니까 흰죽을 끓여야 할 것 같았다. 일단 쌀을 믹서에 갈았다. 곱게 갈린 쌀가루에 물을 넣고 끓였다. 벽지 붙일 때 쓰는 밀가루풀 같았다. 그래도 아무것도 먹지 않는 것보단 나을 것 같아서 몇 숟갈 뜨다가 학교에 갔다.

옥이와 나는 2학년 때 같은 반이었다. 혼자 살던 나는 제대로 챙겨 먹지 못해서 무척 마르고, 자주 아팠다. 하루는 수학시간에 문제풀이하려고 칠판 앞에서 분필가루 묻을세라 팔을 걷었는데, 같은 반 애들이 내 가느다란 팔뚝을 보고 놀라서 소리를 질렀다. 옥이는 나를 걱정해주고, 돌봐줬다. 3학년 땐 옆반이 됐고, 옥이의 돌봄은 계속됐다. 우리 담임도 그걸 알고 있었다. 나는 옥이를 '오그'라고 불렀다.

옥이를 만났다. 20년이 지나도 친구로 남은 옥이를 내가 부르는 이름, '오그'를 불러보았다. 옥이는 와서 내 사무실 짐 빼는 일을 도와줬다. 같이 분리수거하고, 짐 정리하면서 서로 마음속에 있던 이야기들도 꺼내고, 버릴 것들을 분리수거 봉투에 함께 담아서 내놨다. 옥이는 버릇처럼 내가 힘들까 봐 걱정을 늘어놨다.

"오그, 사람들이 그러는데, 나 타고난 피지컬이 좋대. 그래서 운동 조금만 해도 근육이 붙어."

그건 옥이가 아는 내가 아니었다고 한다.

우리는 내가 아는 서울 최고의 중화식 볶음밥과 유산슬을 주문했다. 한 입 먹고 감탄사가 절로 나왔다. 다 먹으니 친구가 지갑 들고 계산대로 급히 가는데, 나는 여유로웠다. 뒤에서 천

나를 이루어준 세계

천히 걸어가면서 사장님을 불렀다. 사장님이 내 눈빛을 받더니, "여긴 우리 구역이니까 손님이 못 내세요." 하고 친구 카드를 막아줬다. 나는 이 동네를 떠나지만, 이제 내 친구가 내 단골집을 알게 됐다.

우리는 완벽해야만 할 것 같고, 기대에 부응해야만 할 것 같고, 자신감은 적고 남들에겐 잘하려고 애썼던 시절의 '젊은 여성'이었던 우리에 대해 이야기했다. 지금은 더 나답게 살고 있다는 말도. 친구 집에 데려다주느라, 우리가 자란 동네에 갔다. 친구는 그때도 지금도 내가 자랑스럽다고 했다.

82년생 김땡땡들의 이야기가 어떻게 납작할 수 있을까. 전후 세대인 부모와의 복잡한 관계와, 돌아보니 혼자 떠안고 있는 숱한 가사와 육아의 책임들과, 혼자서 너무 달라져버린 중년의 남편과, "이제 언제까지 회사에 다닐 수 있을까?" 같은 고민의 무게를 친구는 그 작은 어깨로 감당하고 있었다.

중년이 되어버린 여자아이는 자신의 바운더리를 누군가에게 하릴없이 열어둔 채 버텨왔다. 아이들이 학교에 다니자 이제야 한숨을 잠시 돌리면서, '나는 잘 살고 있는 걸까?'를 고민한다. 그 고민은 무척 깊이 있고, 또 가치 있었다.

너는 단단하고, 책임을 알고, 사랑과 따스함을 아니까.

"오그, 이제 너를 지켜."

특별한 사과를
키우는 농부

아버지 사과는 특별하다. 사과 농사 잘 짓는다 소문난 곳들의 사과와 비교해도, 아버지 사과를 먹어보면 대단하다는 생각이 든다. 아버지는 사과 농사를 사업으로 접근하지 않고, 장인 정신으로 키워내기 때문이다. 사업가인 엄마는 불필요한 공은 들이지 말고 '요즘 사람들'에게 팔기 좋게 키우면 어떠냐고 제안했지만, 늘 엄마 편인 아버지도 사과에 대해서만은 물러서지 않았다. 그렇게 아버지 사과는 독보적인 맛을 갖게 되었다.

엄마는 쉰이 넘어 아버지와 만났다. 아버지는 엄마를 오래 짝사랑했다. 엄마가 아버지와 결혼하겠다는 소식을 전하면서 얼마나 뿌듯한 목소리로 말했는지 아직도 생각난다.

나를 이루어준 세계

"부처님 같은 분이셔! 그리고 엄마를 왕비처럼 대해주는 분이야. 그리고 엄마는 늘 나리에게 이런 아빠를 갖게 해주고 싶었어. 아버지라고 불러줄래?"

아버지는 퇴직 후 사과 농사를 짓고 싶어서 오래 준비하셨고, 엄마와 결혼하면서 읍내에 신혼집을 꾸렸다. 그리고 더 깊은 산골로 들어갔다. 거기서 아버지는 특별한 사과를 키운다.

아버지는 그렇게 키운 사과를 공판장에 보낸다. 공판장에서 아버지 사과는 매번 최고 등급으로 팔리고, 상인들은 아버지 사과가 들어오기를 기다렸다가 먼저 사 간다고 한다. 공판장에 보내면 농산물의 중간 마진 구조 때문에 정작 소작 농부는 많은 돈을 벌지 못한다. 아버지는 당신 생활비를 이제 겨우 벌기 시작했다고 한다. 그런데 왜 아버지는 그 사과를 전량 공판장에 팔게 됐을까? 나는 아버지에게 물었다.

"아직 내 박스로 팔기엔 부끄러운 수준이야."

아버지는 그런 사람이다. 나와 다른 유전자를 가진 아버지라는 걸 그때 느끼고 혼자 웃었다.

아버지의 사과는 추석 물량에 맞추지 않고, 종에 따라 수확 시기는 다르지만 보통 나무에서 맛있게 익었을 때 수확하기 때문에, 사과 가격이 오르는 시기에는 내놓지 못한다. 그리고 넓지 않은 땅에 네 종류의 사과를 키우고 있어서, 소량의 사과가 익는 차례대로 나온다. 농약을 덜 쓰고, 아버지가 오래 공부하고 연구하고 실험해서 나온 방식으로 키우고, 그렇게 나무에서 맛있게 익도록 기다려주기 때문에 맛이 있는 거다. 돈은 안 된다. 나는 엄마가 어떤 지점에서 속이 터지는지 알 것 같았다. 하지만 나는 그런 아버지가 있어서 든든하다.

우체국에서 문자가 왔다. 아버지 사과가 도착했다.

나를 이루어준 세계

큰엄마
미역국

큰엄마가 끓인 미역국은 정말 맛있었다. 뭐 먹고 싶냐고 큰엄마가 물어오면 나는 열에 아홉은 미역국이라고 말할 정도였는데, 하루는 큰엄마가 눈물을 닦는 거다. "가스나 저거 미역국만 끓여줘도 맛있다 카고, 착해 가지고." 어렸던 나는 착하다니까 칭찬인가보다 하고 좋아서 넘겼다.

나는 한참 시간이 흘러 꽤 나이가 있는 어른이 되고서야 그것이 큰엄마가 나를 긍휼히 여기는 마음이었다는 걸 깨달았다. 큰엄마는 매번 아무도 안 키우려는 탁구공 같았던 나를 떠안았다. 그러다 큰엄마도 너무 힘들면, 그때는 큰엄마가 결국 엄마를 불렀다.

큰엄마는 내가 기억하지 못하는 아기 때 내 모습을 종종 회상하곤 했다. "방실방실 웃고, 혼자 잘 놀고 하니까 월매나 키우기가 쉽노. 내는 가스나 저거 지 살라고 저런다 싶어가 맴이 안 좋았다." 어릴 땐 그게 칭찬인지, 혹은 뭘 잘못했다는 건지 몰랐다. 큰엄마는 나를 그렇게 봤으니까 키워준 거다.

나는 나를 긍휼히 여겨주는 사람들에게서 자랐다. 양육자이건, 스쳐 가는 사람들이건 모두 "불쌍해서 어떡해." 하며 그렁그렁한 눈으로 잘해주곤 했다. 나는 그게 고마웠다. 게다가 나는 운이 좋았다. 나를 함부로 대한 사람은 극소수였다. 그래서 나는 꽤나 '나이브하게' 자랐다.

어른이 되고 보니 미역은 싼 식재료였다. 없는 살림에 '숟가락 하나 얹어서' 나를 키웠던 큰엄마에겐 내가 미역국 하나면 다 되는 아이인 게 다행스러운 일일 수 있었다. 내가 잘하는 요리도 저렴한 재료로 시간을 들여 손맛을 내야 하는 것들이었다. '그래서 내가 사는 데 돈이 많이 안 들었구나.' 나는 내가 만든 음식들을 좋아한다.

마지막으로 큰집에 갔을 때, 큰엄마가 나 온다고 진수성찬을 차려줬다. 상다리가 '뽀사지는' 줄 알았다. 거기엔 미역국도 있었다. 큰엄마는 미역국 좋아하던 아이 이야기를 꺼내며 실컷 먹으라고 했다. 한술 뜬 나는 말했다. "큰엄마, 짜요." 큰엄마는 "가스나 거 참 까탈시럽다!" 하며 뜨거운 물을 내어왔다.

2

내가 만난
세계

구조역학

　나는 기계공학과였고, 구조역학 팀플의 조장이었다. 하중을 자중으로 나눠서 높은 숫자가 나오는 순서대로 점수를 주는 강의였고, 매주 100개의 퀴즈를 풀어 가야 했다. 근데 우리 팀 애들이 자꾸 문제를 안 풀어 왔다. 하루는, "너네 나 없으면 학점 어쩌려고?" 했더니, "너가 있잖아~!" 하는 거다.

　지금 생각하면 그러려니 하고 내가 풀고 싶은 만큼 과제를 해 가면 되는 일이었는데, 그때 나는 무엇이 되어도 괜찮았던 열아홉 살이었고, 일단 휴학 신청을 했다. 팝업이 떴다. '정말 휴학하시겠습니까?' 나는 '네'를 눌렀다. 내가 저질렀지만 감당이 안 됐다. 더 이상 등록금을 환불받을 수 없는 5월이었다. 당장 등록금 내준 엄마한테는 뭐라고 하나.

　그래서 두 시간에 걸쳐 수십 장의 유학계획서를 작성했다.

독일이 싸다길래 거기로 정했다. 중고등학생 과외 뛰어서 모아둔 약간의 적금도 있었다. 엄마에게 보여줬더니, "나리가 얼마나 오래 고민하고 준비했는지 알겠어."라며 뜻대로 하라고 했다. 나는 갑자기 독일 유학 가기로 한 사람이 됐다.

아직 무비자입국 특혜가 없던 때라 입국 비자 준비에도 시간이 걸렸다. 독일어도 배워야 했다. 강남에 있는 독일어학원 속성반을 다니고, 반년 치 어학원비와 편도 항공권을 적금으로 결제하고, 독일대사관에 비자 신청도 했다. 저지른 건 순간인데 할 일은 많았다. 다 했다. 그리고 일단 베를린으로 갔다.

16년이나 살려고 간 건 아니었다. 좀 살아보고 안 되면 학교로 복학할 수도 있었다. 하지만 제때 휴학 연장을 하지 않아서 제적됐다. 자퇴도 아니고 '짤린' 거다. 재입학할 수 있다는 안내를 받았지만, 나는 학교로 돌아갈 마음이 없었다.

나는 독일에서 영화학교에 가고 싶었다. 안 되는 독일어로 입시정보를 찾았다. 이해가 안 가니까 날마다 읽고 또 읽었다. 독일어를 잘하게 될수록 입학요건이 더 와닿았다. 날마다 들어가서 계속 읽었더니 흐릿하던 정보가 선명해졌다. 무엇보다 현장 경험이 중요하다는 사실을 알게 됐다. 그래서 두꺼운 노란색 전화번호부에 있던, 베를린에 있는 영화사 300여 군데 모두에 전화를 했다.

정말 딱 한 군데서 진지하게 와보라고 했다. 어리고 독일어도 못하는 나를 진지하게 생각해주는 사람이 있기 어렵다는 건 한참 지나서 깨닫고 얼굴이 빨개졌다. 그땐 다른 방법을 몰랐다. 긴장되고 추워서 벌벌 떨며 면접을 보러 갔는데, 영화사 문이 잠겨 있었다. 몇 시간을 기다리다 쪽지를 남기고 돌아왔더니, 깜빡했다며 미안하다는 전화가 왔다. 외국인이 전화해서 대뜸 영화 현장 실습을 하고 싶다고 하니까 흥미로워서 와보라고 하고 잊은 것일 뿐, 나를 영화 현장에 써줄 생각은 없는 사람이었다.

현장 경험은 잠시 미뤄두고 일단 돈이 필요해서 미대에 모델 알바를 나갔다. 그런데 미대 게시판에 붙은 '영화 스태프 구함' 쪽지가 보였다. 거기선 나를 받아줬다. 가보니 사기꾼이었다. 하지만 괜찮았다. 좋은 친구를 만났으니까.

영화하려는 친구가 생기자 또 친구가 생겼다. 게다가 나는 영화학교 가고 싶다는 말을 하기가 아직 부끄러워서 주변에는 기계공학과 갈 거라고 말해뒀는데, 친구 한 명이 큰 소리로 말해서 모두가 알게 됐다. 그 덕에 그 친구의 친구가 영화 스태프 구하는 웹사이트를 알려줬다. 그리고 거기서 처음으로 제대로 된 현장일을 구했다.

1종 보통 운전면허, 나에겐 1톤 트럭 운전할 자격이 있었고 드라이버로 현장에 들어갔다. 하지만 운전 경력이 없다는 걸 알게 된 프로듀서는 나를 부엌에 배치했다. 커피 끓이고 스태프들 간식 만드는 일을 했다. 그리고 날마다 새로운 걸 배웠다. 내 수첩에는 스태프의 종류, 역할, 장비, 학교 정보, 특수효과 같은 것들이 채워져 갔다. 지나가던 현장 사람들은 처음 배우기 시작한 사람에게 한없이 따스했다. 연필을 들고 노트에 사각사각 소리를 내면서 기록을 하다가 "쉿!" 하는 소리가 들리기도 했다. 내가 놀라서 고개를 들면 현장 사람들이 웃어줬다.

그 후 여러 영화 현장을 경험하고, 다른 친구들이 생기고, 운 좋게 영화학교에 합격하고, 운 좋게 대형 제작사에 취직하고, 석사 졸업하고, 장편 데뷔하고, 작은 사업도 만들고, 그렇게 독일에서 인생이 이어졌고, 16년을 살았다.

돌아보면 단지 구조역할 팀플 때문이었다.

빨간
티셔츠

한국에서 친했던 대학 동기들이 차례로 군대 간다는 소식
이 들려올 즈음, 나는 베를린에서 기계공학과에 입학했다. 대
학 입학 준비를 위한 체류 허가는 영화학교 입시를 준비하기
에 한참 모자랐다. 나는 오로지 체류 허가를 연장하기 위해 대
학에 갔다.

그래도 오리엔테이션에 가봤다. 그런데 거기서 또래의 동
기들을 만나니 신나서 같이 수강 신청도 하고 수업에도 들어
갔다. 내가 이미 다 공부한 강의를 독일어로 다시 들으니, 아무
것도 모르는 외국인으로 적응하며 지내느라 사라졌던 자신감
이 돌아오고 내 표정에도 윤기가 돌았다. 그만 진지하게 학교
를 다니기 시작했다. 공업수학 잘한다는 소문이 돌아서 금세
친구들이 생겼다. 모임 만드는 걸 좋아하던 나는 급기야 스터

디를 만들기에 이르렀다. 나는 내가 영화학교 가고 싶은 사람이라는 걸 잊고 잠시 기계공학도로 지냈다. '독일에서 그냥 기계공학과 다녀도 좋겠는데?' 나는 기계공학 박사가 된 나를 상상했다.

한 동기가 나를 자기 집 파티에 초대했다. 베를린으로 대학에 와서 처음으로 자취하게 됐다고 했다. 가보니 다섯 명이 방 다섯 개인 집에 같이 사는 큰 '플랫 쉐어'였다. 수십 명이 바글바글한 가운데, 독일에 사는 외국인이 수도 없이 반복하는 대화를 나는 하고 또 했다. "독일에 언제 왔어? 독일에 왜 왔어?" 나는 얼떨결에 영화 공부를 하러 왔다고 말해버렸고, 이미 약간 취기가 오른 프랑스 사람 두 명에게서 질문이 들어왔다. 프랑스 영화 아는 거 있냐고 해서 나는 〈퐁네프의 연인들〉을 떠올렸다. 그 자리에서 '퐁네프'라는 단어를 프랑스인이 만족할 때까지 연습했다. 정신이 혼미해졌다. 그때였다. 한 독일인이 그 자리에 끼어들었다. 그 집에서 제일 오래 살았다는 필립이었다.

"너 영화학교 준비한다며! 나도 거기 지원했었어!"

우리는 죽이 잘 맞았다. 필립은 퐁네프의 프랑스인들 앞에서 진땀 흘리는 나를 위트 있게 구해줄 정도로 사려 깊은 사람이었다. 우리는 금방 친구가 됐다. 나는 필립에게 여자친구를 소개했고, 필립은 "나리의 여자친구라면 이미 내 친구야."라고 했다. 필립은 정말 좋은 사람이었다. 하지만 우리가 더 친해진 날은 따로 있었다.

베를린 퀴어 퍼레이드, 인파로 가득한 그곳에서 나는 찰싹 붙는 빨간 티셔츠를 입고 남자친구와 손을 잡은 필립을 봤다. 그 많은 사람들 사이에서도 내 친구의 모습은 선명하게 보였다. 불러도 들리지 않을 만큼 시끄러워서, 나는 얼른 문자를 보냈다. "나 너 방금 봤어. 끝나고 우리 집으로 와."

우리는 하나의 공통점을 더 발견하고, 서로에게 가장 소중한 친구가 되었다.

따뜻한 필름통과 장갑, 그리고 색연필

우리는 차례대로 어느 작은 방 앞에 줄을 섰다. '프라우 가이스' 교수님이 우리에게 나눠준 건 16mm 필름이 들어 있는 필름통과 흰색 면장갑, 하얀 색연필과 투명한 테이프였다. 독일에선 여자 이름 앞에 '프라우'를 붙였고, '프라우 가이스'는 학생들의 이름을 각각 부르며 그 선물들을 나눠주었다.

"프라우 킴! 손 보여줄래요?"

교수님은 가장 작은 흰 장갑을 꺼내서 필름통에 올려주셨다. 필름통이 아직 따뜻했다. 10월에 입학한 신입생들이 필름통에 손을 대고는 표정이 밝아지자, 교수님은 매년 봐도 귀엽다는 듯 설명을 시작했다.

"이 필름은 방금 현상소에서 나왔어요. 여러분의 선배들이 찍은 촬영 원본은 네거티브예요. 그것을 현상소에서 필름에

복사한 것을 포지티브라고 해요. 여러분은 10개의 똑같은 포지티브 필름을 받았어요."

우리는 포츠담 영화학교 편집과의 신입생 10명이었다. 그리고 10개의 똑같은 포지티브 필름을 받아서 각자 오래된 필름 편집기가 있는 편집실을 배정받았다. 하얀 장갑을 끼고 하얀 색연필로 표시를 해서 영상 필름과 오디오 필름의 싱크부터 맞추고, 필름을 작두로 자르고, 투명한 테이프를 붙여서 우리는 10개의 다른 영화를 만들었다. 우리의 첫 수업이었다. 교수님이 말씀하셨다.

"같은 촬영본인데 다른 영화가 나왔죠? 이게 우리가 세상에 필요한 이유예요."

나는 그해에 지원하지 않을 생각이었다. 10월 입학인데 지원은 1월까지였고, 포트폴리오로 내려던 영화는 엎어졌다. 단지 도와줄 사람들이 오지 않았을 뿐이었지만 나는 내 재능 없음이 증명된 것이라고 믿었다. 당장 영화학교에 들어가지 못하면 체류 허가에 문제가 생길 수도 있었지만, 나는 이미 자포자기하고 있었다. 여기까지라고 생각했다. 그런데 한 친구가 대뜸 이런 말을 했다.

"지원해보는 것도 경험이잖아. 떨어져서 한국에 갔다가 다시 돌아오더라도, 경험이 없는 상태에서 처음부터 시작하는 것보다는 나을 거야. 그리고 나는 진심으로 네가 독일에서 살았으면 좋겠어."

마감까지 50시간가량 남아 있었다. 나는 울면서 포트폴리오를 준비했다. 사진 출력을 맡길 시간이 없어서 일단 나가서 포토 프린터를 사 왔다. 여행 다니면서 찍은 사진들을 분류하고 출력해서 커다란 종이에 붙였다. 집에 있던 잡지와 버리려던 옷을 잘라서 '꼴라주'를 만들었다. 유럽 여행 중에 우리 집에 들렀던 친구가 가위질과 풀칠에 밤새 동원됐고, 내 멘탈이 다시 무너질 것 같을 때 용기를 줬다. 결국 찍지 못했던 영화, 그 앞에서 내가 다시 힘을 잃었기 때문이었다. 시간은 얼마 남지 않았다. 영상 제작은 해본 적도 없는 친구가 물었다.

"찍어둔 거 없어?"

그 말을 듣고 생각해보니 미대에서 모델 알바를 할 때 찍어둔 영상이 있었다. 나는 간절한 마음으로 내가 가장 좋아하던 가수, 데이비드 보위의 음악을 깔고 그 위에 내가 포즈를 취하고 있는 영상을 올려 편집했다. 몇 달 동안 고민하느라 정작 아무것도 하지 못했었지만, 시간이 얼마 남지 않은 상황에선 당장 내 앞에 있는 재료들을 모두 동원하면 되었다. 우편으로 보낼 시간이 없던 나는 학교까지 포트폴리오를 들고 뛰어갔다. 지원해보라던 친구 말대로 되었다. 나는 지원해본 경험치를 얻고 날아오를 것 같은 마음으로 집에 돌아갔다.

나는 친구들에게 많이 배웠다. 그리고 기적처럼 1차 시험에 통과했지만, 2차, 3차 시험을 치른 나는 내가 아직 준비되지 않았음을 확신했다. 나는 이 과정에서 배운 것을 갖고 한국에 돌아가서, 더 준비를 하고 돌아올 마음을 다잡았다. 독일을 떠나기 전 마지막으로 영화 현장 경험을 하기로 했다. 조명팀 일을 해보고 싶어서 갔고, 체력적으로 몹시 힘들었지만 곧 떠날 것이기에 하루하루를 최선을 다해서 살 수 있었다. 그 현장은 케이터링이 참 맛있었다. 이른 아침마다 "케이터링!" 하면서 벌떡 일어났다.

"나리가 영화학교에 합격했대!"

현장에서 일하다 전화를 받은 내가 떨면서 한 스태프에게 말했더니, 이내 프로듀서가 '조명팀 막내'의 영화학교 합격 소식을 모두에게 알렸다. 모두가 달려와서 나를 축하해줬다. 나는 이렇게 말했다.

"나 이제 한국으로 돌아가지 않아도 돼."

외장하드

영화학교 선배들은 나를 자주 찾았다. 학교에는 나에 대한 이상한 소문이 돌았다. "나리가 만지면 죽었던 외장하드가 살아난대." 그리고 그건 사실이었다.

어떤 소문은 우연한 순간에 장면을 목도한 사람의 시선을 타고 신화처럼 번져 나간다. 그날도 그랬다. 하루 종일 어두운 편집실에 틀어박혀서 작업만 하다 보면 스트레스를 많이 받게 되는데, 선배의 굵은 외마디 비명이 편집실이 있는 층의 복도를 쩌렁쩌렁 울렸다. 나가보니 선배는 절규하고 있었다. "젠장, 외장하드, 또 멈췄어!" 나는 우선 선배를 안정시켜야겠다는 생각에 다가갔다. 그리고 내가 나서자 구경하러 나왔던 모두는 제자리로 돌아갔다.

내가 만난 세계

선배는 금방 울 것만 같았다. 나는 그런 상태의 사람을 위로하려고 나설 수 있을 만큼 미세한 독일어 표현에 자신이 있지 않았다. 그래서 만질 수도 없는 선배의 어깨 대신 외장하드를 만졌다. 손에 미세한 감각이 느껴졌다. 나는 문제가 해결될 것 같은 기분이 들었고, 선배에게 말했다.

"내가 외장하드 다시 꽂아봐도 될까?"

선배는 비장한 표정으로 나를 바라보며 고개를 끄덕였다. 나는 마치 아기를 다루듯 조심스레 외장하드를 편집용 컴퓨터에서 분리하고, 속으로 15까지 셌다. 다시 눈을 뜨고 아주 천천히 외장하드를 다시 꽂았다. 딸까락 하는 소리의 느낌이 좋았다. 웃음이 나왔다. 외장하드는 다시 연결됐다. 선배는 환호성을 질렀다.

그 시절의 외장하드들이란 워낙에 그랬다. 학교에 있는 외장하드는 오죽했을까? 외장하드는 빠른 속도로 돌면서 소리를 내는데, 예민한 내 귀에는 그 소리가 들렸다. 그래서 아주 조심스럽게 대했다. 몇 번 데이터를 복구하려고 외장하드를 뜯어본 적이 있어서, 그 내부가 얼마나 약한지도 알고 있었다. 나는 영화학교에 가지 않았으면 기계공학과에서 외장하드를 전공하고 싶었을 만큼 외장하드 돌아가는 소리를 좋아했었다. 하지만 마음이 급한 사람들은 외장하드를 기다려주지 않았다.

선배의 이야기는 온 학교에 퍼졌다. 그리고 어느 날, 아시아에서 온 신비한 기운의 여학생이 손으로 만지기만 하면 죽었던 외장하드가 살아난다는 이야기가 되어 나에게 돌아왔다. 아시아인에 대한 편견이 더해진 이야기였지만 결국 나는 숱한 외장하드를 만져서 다시 연결시켰고, 그 연결은 사람과의 인연으로 이어졌다. 내 도움을 받은 선배들은 나에게 어려운 일이 생겼을 때 나섰다.

"나리 너, 네 뒤엔 우리가 있다. 그런 놈 앞에서 쫄지 마라!"

우리가 지금
사귀지 않으면

그 애는 나를 졸졸 따라왔다. 자기 집에도 가지 않았다. 가라고 등을 떠밀어도 딱 오늘만 더 있겠다고 하고 계속 우리 집에 살았다. 내가 이제는 좀 가라고 화를 냈더니 그제야 갔다. 그런데 나는 그 애 없이 혼자 집에 있으니까 더 화가 났다. 나는 전화를 해서 괜히 트집을 잡았다. "도로 갈까요?" 나는 그러라고 했다.

신나서 그 애는 우리 집으로 돌아왔다. 하도 오랜만에 집에 갔더니 같이 살던 플랫메이트가 서운하다고 하더란다. 그래도 집에 다녀와서 옷도 좀 바꿔 입을 수 있었다며, 역시 '언니 덕에' 집에 다녀오길 잘한 것 같다고 웃었다. 나는 그 애가 다시 내 앞에 있으니 안심이 됐다. "무튼, 언젠가는 너네 집으로 가야 해." 결국 그 애는 자기 집으로 돌아가지 않았다.

나는 그때 학교 친구와 썸을 타고 있었다. 친구가 나를 좋아한다는 건 나 빼고 모두가 알았다고 한다. 하루는 친구가 나에게 고백을 하려고 촛불을 켜놓고 기다렸다. 나를 정말 좋아한다고 말하는 친구에게 안겨서 나는 말했다. "이상해. 그 애가 자꾸 내 머리 주변을 작은 새처럼 빙빙 돌아."

친구는 내가 그 애를 좋아하는 거라고 알려주면서, 청춘 영화에 나올 것 같은 문장을 슬프게 읊었다. "얼른 그 애한테 가. 지금 아니면 내가 못 보낼 것 같아." 나는 그 애가 있는 집으로 돌아갔다. 그리고 이렇게 말했다. "친구가 그러는데, 내가 너를 좋아한대!"

그래놓고 나는 그래도 사귈 수는 없다고 말했다. 그 애는 내 눈에 아직 어렸다. 그리고 그 애는 연애를 해본 적이 없었다. 그 애는 여자도 남자도 만나본 적이 없었다. 나는 그 애의 첫사랑이 되는 것이 미안했다. 그리고 나를 떠날 것 같아서 두려웠다. 그 모든 이유를 대며 나는 안 된다고 했다.

"언니, 우리가 지금 사귀지 않으면 언제 사귀어보겠어요?" 그 애는 나를 그 말로 꼬셨다. 나는 완전히 넘어갔다. 그래서 우리는 서로의 '전여친'이 될 수 있었다. 우리가 헤어지던 날, 그 애는 말했다. "언니, 그거 알아? 언니는 내 20대야. 내 20대 전부야."

그 말을 남기고 한 마리 호랑이처럼 자기 세상을 향해 달려갔다. 관계에는 끝이 있지만, 사랑의 기억은 영원하다.

초보운전
이야기

10년 묵은 포드 피에스타 3 도어. 연출과 동기가 부업으로 중고차 중개일을 한다길래, 나는 그 친구에게서 차를 샀다. '걸어서 10분 거리에 있는 맥도날드까지 걸어가기 추워서'가 차를 산 진짜 이유였다는 건 여전히 아무도 모를 거다. 당시 일하던 편집실 출퇴근이 어렵고, 대중교통으로 한 시간 걸리던 학교까지 차로는 20분이 걸리고, '영화인이니까' 장비 싣고 다니려면 어차피 필요한 데다, 여자친구와 드라이브랑 여행을 하고 싶다는 이유는 모두 맥도날드에 달라붙은 자석이었다.

동기는 차를 우리 집 앞으로 가져왔다. 시험운전을 해보라며 동기는 조수석으로 옮겨 앉았다. 한국에서 대학 새내기 때 속성반으로 운전면허를 따고 처음 잡아보는 운전대, 동기는 나더러 정말 운전면허 있는 게 맞냐며 면허증을 보여달라고 했다. 나는 시동 걸 때 뭘 밟아야 하는지도 몰랐다. 면허를 보여주며, 운전면허 따고 처음 운전해보는 거라고 하자 동기가 안도의 웃음을 지었다.

"야, 그럼 금세 다시 기억날 거야. 너 지금 무서워서 못 하는 거야."

동기는 집 근처 공터에 다시 차를 주차해줬다. 한국에서 갓 운전면허 따서 잉크 말리려던 채로 장롱면허 된 초보운전자가 무엇을 의미하는지 모르는 독일인이라 차라리 다행이었다.

일주일이 넘도록 차를 그냥 세워뒀다. 내 차에만 눈이 쌓였다. 등굣길에 내 차를 보면 애증이 밀려왔다. 차마 혼자 몰아볼 자신은 없고, 이미 모아둔 돈을 다 털어서 현금으로 주고 샀는데 무를 수도 없었다. 자기혐오를 욕으로 꼭꼭 씹으며 눈 쌓인 길을 나섰다. 하굣길에 내 차를 보면서 날마다 다짐했다. 내일은 꼭 운전연수 받는 곳을 알아보겠노라.

운전학원 강사는 내 운전 실력에 친구보다도 더 당황했다. 하지만 이내 마음을 가다듬고 혼자 이 말을 여러 번 되뇌었다. 나 들으라고 하는 말은 아닌 것 같았다.

"당신은 독일에서 합법적으로 운전할 자격이 있습니다! 운전을 해도 된다는 뜻이죠. 갑시다!"

무언가 큰 결단을 하는 것 같았다. 그리고 처음 운전하는 사람을 가르치듯 하나씩 알려줬다. 문득 클러치를 밟는 방법이 기억났다. 되살아난 내 기억에 강사는 뛸 듯이 기뻐했다. 내 운전면허증에 박힌 사진의 그 사람이 자기 왼쪽에 앉은 사람과 동일인물일 가능성이 조금이라도 높아졌으므로, 강사는 심지어 약간 흥분한 것 같았다. 안도의 흥분이다. 나도 아는 감정이라 조금 미안할 지경이었다. '초보운전 이전의 상태'였던 나는 그렇게 '초보운전'이 되었다.

초보운전 딱지도 없는 나라에서 나는 그 차를 끌고 무작정 알프스에 갔다. 거기까지 갈 계획은 아니었지만, 여자친구에게 멋진 모습을 보여주고 싶었던 나는 종이 지도를 보며 국경을 넘었다. 알프스의 설경에 가슴이 떨리던 그날, 산으로 올라가던 차가 미끄러져 두 바퀴 반을 돌고 낭떠러지로 날았다. 내 차는 낭떠러지 앞에 있던 도로 표지판을 치고 댕강댕강 걸려서 버렸다. 우리는 죽을힘을 다해 정신을 차리고 차가 균형을 잃지 않도록 조심하며 차례로 탈출했다. 출동한 렉카에 끌려 나온 찌그러진 포드 피에스타는 다시 아우토반을 몇백 킬로미터나 달리고 달려 베를린 집으로 돌아갔다. 여자친구가 말했다.

"언니 근데 이제 운전 잘한다."

반지하 영화:
〈hildhood Days〉

반지하를 소재로 한 단편영화를 연출한 적이 있다. 반지하에 엄마와 살던 어린이들이 화재로 사망한 사건을 보고 제작하게 됐고, 세트 짓는 데 한 달 정도 걸렸다. 불가리아 출신의 미술감독은 내가 중학교 때 혼자 살았다는 그 반지하 집에 대해 자세히 물었다. 그러더니 이렇게 물었다.

"장판이 깔린 집이라니, 불가리아에선 거친 나무 바닥이어야 할 것 같아. 한국에선 이만큼 가난해도 장판이 있어? 그게 사실이야?"

깊이 생각해보지 않았고, 미술감독 입장에선 '현실 고증'에 대한 질문이었기 때문에, 나는 바닥 난방 방식이라든가 장판이 찍힌 모습이나 꼬질함에 대해 두서없이 말하고 있었다. 미술감독은 내 현실이었던 집이 세트로 구현되는 모습을 보던

내가 만난 세계

나보다도 훨씬 '그 집에 사는 아이들'에 이입했다. 그리고 부디 시나리오를 고쳐서 그 집의 바닥이 열리고 꿈과 희망이 가득한 환상의 세계로 들어가는 영화를 만들자고 했었다. 세트로 안 되면 CG를 넣자고 말이다. 시나리오를 고치자고 하다니, 모든 크루가 그 요구에 당황해하며 선 넘는다고 생각했고 나도 감당하기 힘들었지만, 한편으로 나는 우리가 무엇을 만들기 위해 이 이야기를 다루는가에 대해 생각할 수밖에 없었다.

나는 영화로 이야기를 만들어내고 있기보다 내가 가진 당사자성에 스스로 기대고 있다는 것을 알았다. 하지만 촬영은 속절없이 시작됐다. 아이들과 함께 하는 영화는 현장에서의 건강과 안전에 대한 법적 제한이 많고, 반드시 지켜져야 하는 것들이었다. 35mm 필름은 금방 동이 나서, '오케이 샷'을 빨리 외치지 못한 감독인 나는 독일 포츠담에서 베를린으로 필름을 구하러 뛰어갔다. 그러다 정신을 차려보니 나는 편집실에 도착해 있었다. 편집감독이 말했다.

"나는 이 카메라의 시선이 아이들을 타자화하지 않아서 좋아."

여러모로 두려웠던 나는 큰 위로를 받았다. 그리고 우리는, "자극적이지 않아도 괜찮으니까, 예술성은 내려놔도 괜찮으니까, 우리는 '그 집에 난 불을 끄는' 짧은 영화를 만드는 걸 목표로 하자."라는 이야기를 나눴다.

2011년. 독일 포츠담에 모인, 참 다양한 국적으로 이루어진
팀이기도 했던 우리는 한국의 반지하 이야기로 무엇을 만들고
싶었을까? 우리가 만들고 싶었던 건 영화였을까, 아니면 세상
이었을까, 혹은 어떤 소망이었을까. 나는 다만, 세트 부엌에 파
란 타일이 깔렸던 날 느꼈던 감정이 기억날 뿐이다.

내가 만난 세계

모든 것을
사라지게 만드는 기계

"아, 우리 영화가 너무 잘돼서 나 돈 많이 벌면 세금 많이
내야 할 텐데 어쩌지?"

티나와 나는 지레 김칫국을 마시고 세금 폭탄과 노동 허가
사이를 오가며 베를린 지하철이 떠나가라 웃었다. 사람들은
짙은 조지아 악센트의 마흔 살 조지아 여자와 서른 살 한국 여
자가 독일어로 간혹 전문 용어도 섞어 쓰며 10대처럼 좋아라
웃음을 날리는 모습을 호기심에 가득 차서 쳐다봤다. 그 시선
을 크게 신경 쓸 겨를도 없었다. 우리는 아직 너무 가진 게 없
어서 즐거운 상상 앞에 당당했다.

"나중에 깐느에서 '특별한 언급'을 받게 되면 말이야……"

티나는 나중의 미래를 이야기한다. 나는 뒷말을 이었다.

"50살쯤 되면 그렇겠지. 60살엔 사람들이 너를 거장 감독

이라고 부를 거고, 70살엔 모두가 네 앞에선 모자를 벗고 존경을 표할 거고, 그리고…….”

“80살엔 노망에 걸려서 똥칠을 하고 있겠지.”

“그럼 난 고양이 똥을 치우듯이 네 똥을 치워야겠네? 하지만 그때 난 아직 70이라고. 아직 한참 영화를 만들어야 해.”

오랜만이었다. 미래를 꿈꾸는 것. 그리고 영화는 거짓말처럼 빠르게 우리가 상상하던 미래로 먼저 갔다. 영화는 많은 영화제에서 상을 받고 전 세계에 개봉되었다.♦

우리는 러시아가 조지아에 전쟁을 일으켰는데도 아무런 보도도 하지 않았던 서방세계에 그 사실을 알리고 싶었다. 다큐 편집자는 인물을 사랑하게 된다. 감독 티나는 전쟁을 겪은 사람들의 이야기를 가져왔고, 나는 그 사람들 속에서 살았다. 영화 속 조지아 사람들은 고통 속에서도 빛나게 아름다웠다. 한 인물은 카메라 앞에서 이렇게 말했다.

“모든 것을 사라지게 만드는 기계가 있으면 좋겠어요.”

♦ ──────────────────────────
　티나틴 구르치아니의 〈모든 것을 사라지게 만드는 기계〉(2012)

내가 만난 세계

다큐 편집자는
인물을 사랑하게 되지

다큐 편집을 직업으로 하다 보면 평소에 별 관심 없던 주제를 알게 된다. 보통 감독이나 프로듀서가 이미 그 주제의 덕후거나, 아니면 너무 열심히 그 주제에 파고들어서 덕화된 상태에서 만나 협업하게 된다. 그래서 내 인생에도 주제에 몰입된 사람들과 함께했던 이야기가 더해지곤 했다.

아이돌. 나는 아직 방탄소년단조차 몰랐다. 케이팝이라곤 거의 H.O.T.에 멈춰 있었는데, 'K-pop' 스토리를 다큐멘터리로 만들면서 여러 아이돌을 알게 됐다. 처음엔 멤버들 이름이랑 곡 외우느라 고생했었다. 무엇이건 아직 잘 모를 땐 다 똑같아 보이고 다 똑같이 들린다. 듣다 보니 케이팝이 너무 좋아서, 내 평생 음악 취향이 바뀌었을 정도였다. 나는 아이돌과, 그들이 좋다는 사람들에게 애정을 갖게 되었다.

자연재해. 이 주제로는 여러 개의 작업을 했다. 특히 쓰나미 이후 쓰리랑카 아루감베이에 남은 사람들의 스토리는 오래 기억에 남았다. 감독이 원래 촬영감독이라, 그 고통과 슬픔과 아름다움과 희망을 모두 카메라에 담아왔고, 감독이 인물에게 다가가는 방식도 잔잔해서 좋았다. 마치 쓰나미 겪은 지역에 내가 살다 온 것처럼, 카메라에 담긴 사람들의 삶을 내가 살아 본 것처럼 기억에 남았다. 언젠가 아루감베이에 가보고 싶다.

전쟁. 세상에는 내가 아예 몰랐던 전쟁과 분쟁이 많았다. 몇 개의 작품을 하면서 나는 전쟁 상황뿐만 아니라 그 이후를 살아가는 사람들의 이야기도 들을 수 있었다. 내가 살면서 겪어 본 적은 없지만, 기사 몇 줄로 전해지던 전쟁의 이야기 뒤에는 끝내 살아내고자 하는 인간의 모습이 살아 있었다. 그 덕에 한국전쟁을 겪은 세대를 조금 더 이해할 수 있게 되었다. 나에게 가장 영향을 많이 준 전쟁 스토리는 조지아와 베트남의 이야기였다. 나는 어떤 끌림으로 조지아어와 베트남어를 배웠다.

음악. 아이돌이나 팬덤과 구분해서 음악을 주제로 한 작업들을 대하게 되는 건, 다소 다른 산업이기 때문인 것 같다. 클

래식 작곡가나 연주가, 인디 음악가 같은 사람의 이야기를 그의 음악 세계와 엮는 작업이 있었다. 음악 주제의 다큐멘터리를 만들 땐, 어릴 때 배운 화성악 기초 지식까지 다 끌어내서 작업하게 된다. 그리고 끝나고 나선 마치 그 분야에서 음대 다닌 사람처럼 머리가 음악으로 가득 찬다. 연주 장면을 수백 번씩 듣고 보다 보면 모르던 곡에 대해 해석도 할 수 있게 된다. 반복해서 들었던 음악은 꿈에도 나온다.

인권. 다큐 하면 빠질 수 없는 주제가 아닐까? 인권과 관련된 작업은 무척 예민한 이슈가 많다. 정치적으로 쓰이거나, 2차 피해가 되면 안 되거나, 옳지 않으면 안 되거나 해서 작업하는 사람들도 무척 예민하다. 한 노동인권 관련 작업을 한 후에는 데모할 때 부르는 노래를 흥얼거리곤 했다.

스포츠. 야구 소재의 다큐는 정말 내가 전혀 모르던 분야였다. 일 시작하기 전에 일단 검색해서 공부부터 했다. 경기 규칙부터 살펴보고, 데이터 정리하면서 선수들 얼굴이랑 포지션을 외우고, 각 팀과 인물에 대한 팬들의 반응도 살폈다. 그리고 거기 나오는 선수 한 명을 아직도 좋아한다. 그 팀이 29년 만에 우승했다.

인물. 다큐 하면 역시 휴먼다큐다. 주인공의 삶에 파고드는 작업도 많았다. 나는 매번 내 주인공을 사랑했고, 영화학교에서 배운 대로 'Protagonist(프로타고니스트)'라고 불렀다. 한번은 밥 먹다가 내가 편집한 다큐멘터리 주인공을 식당에서 봤다. 나도 모르게 달려가서 인사하고 포옹을 했다. 그분은 나를 몰라서 당황해하셨는데, 그 순간 어디서 본 사람인지 기억이 났다. "제가 편집자예요!" 하니까 다행히 고맙다며 따스하게 안아주셨다.

편집자는 인물을 사랑하게 된다.

세상엔
다양한 말이 있다

오랫동안 다큐와 관련된 일을 해오면서 가장 난감한 상황이 사투리다.

태어나서 처음으로 참여했던 다큐 작업에선 오스트리아 사투리 알아듣느라 엄청 고생을 했다. 결국 독일 친구와 오스트리아 친구의 도움을 받아서 겨우겨우 해결했다. 그다음은 아주 진한 베를린 사투리였다. 그건 다행히 주변에 베를리너가 많아서 쉽게 해결됐다. 그때 은퇴하신 베를린 소방관 할아버지, 아직도 건강하셨으면 좋겠다. 그 후에도 스위스에서 쓰는 독일어, 남아공에서 쓰는 영어, 프랑스인이 하는 독일어와 영어, 러시아어하는 조지아 사람 등의 촬영본으로 작업하다가 몇 번이고 '말 알아듣는 사람 찾기'를 이어갔다. 한국인이 하는 독일어 인터뷰 작업에서 내가 '알아듣기 역할'로 도운 적도 있고, 주로 독일어와 영어로 찍은 촬영본에 한국어가 있어서 친구가 하던 편집 작업이 나에게로 넘어온 적도 있었다. 한국어 작업이라고 해서 덜컥 맡았는데 북한 사람이 나와서 난감했다가, 이내 억양과 표현에 익숙해지기도 했다.

작업 중 가장 난감했던 건 정말 거의 끝까지 아무도 알아듣지 못했던 남아공 비보이의 영어 문장. 나머지는 다 내가 듣고 어떻게건 작업을 했는데, 딱 한 문장은 절대 모르겠어서 결국 남아공 사람을 수소문하여 알게 된 케이스. 수천 번을 반복해서 들었지만 나, 독일인 프로듀서, 영국인 촬영감독으로 구성된 우리 팀의 귀엔 정말 이렇게 들렸다.

"I bid a ma on stu."

며칠을 수소문하여 알아낸 문장의 원뜻은 이거였다.

"I'll build up my own school."

하루는 아홉 살 나이에 '삼을 삼으신' 전라도 할머니의 말을 못 알아들어서 약간 헤맸다. 삼베 천을 만드는 노동을 하셨다는 뜻이라고 한다. 예전에 경상북도 바닷가 마을을 배경으로 한 다큐를 편집했는데, 그땐 아무도 못 알아듣던 할머니 말씀이 내 귀에만 들리기도 했다.

세상에 얼마나 다양한 말이 있는지 경험하게 되니까, 그래서 다큐 작업은 더 기억에 남는다.

정자를
찾아서

내가 아이를 낳아서 같이 키우고 싶다며 결혼하자는 말에 파트너는 선뜻 그러자고 했다. 내가 낳을 아이의 엄마가 되어 달라며 청혼했다. 우리가 결혼해야 할 이유는 모자라지 않았다. 파트너에게 필요했던 것들은 우리가 결혼하면 해결할 수 있었다. 체류 허가, 의료보험, 각종 가족 할인. 결혼하지 않을 이유도 없었다. 우리는 서로 사랑해서 결혼한다는 말을 하는 게 어색했다. 사랑은 결혼의 이유가 되지 않는다고 믿던 사람들이었다.

결혼식 전날이 되어서야 우리는 결혼을 실감했다. 파트너가 꽃집에 가서 조화를 사오자고 했다. 야무진 손으로 내 머리에 얹을 화관을 만들어줬다. 우리는 예복 대신 결혼식 후에도

97   내가 만난 세계

일상복으로 입을 수 있는 옷을 사 왔다. 너트처럼 생긴 싸구려 반지를 서로에게 끼워줬다. 구청 예식장에서 주례 담당 공무원 앞에 서자 그제야 떨리기 시작했다.

사귄 지 얼마 되지 않아 부부가 된 우리는 정자 제공자를 찾으러 다녔다. 나는 결혼 전에도 정자 제공을 받았다가 유산을 했고, 내 정자 제공자는 아이가 죽은 거라며 울다가 나에게서 연락을 끊었다. 나는 이번에는 마음이 강한 정자 제공자를 찾고 싶었다. 이미 아이를 낳은 내 친구가 우리를 도와줬다. 우리 부부, 내 친구, 친구 아이의 정자 제공자, 그리고 정자 제공자의 남편이자 우리 부부에게 정자를 제공할 의사가 있던 이웃집 남자까지 다섯 명이 동네 중국식당에서 만났다.

친구 정자 제공자의 남편은 성공한 백인이었다. 아이를 낳으면 우리와 공동양육을 하고 싶다고 말했다. 아이에게 좋은 아빠가 되고 싶다고 했다. 하지만 우리는 단지 정자가 필요했고, 그 사람은 자궁이 필요했다. 다섯 명의 만남은 맛있는 식사 한 끼로 끝났다.

우리 부부는 정자은행에서 정자를 사서 시험관 시술을 받을 돈이 없었다. 베를린의 다른 레즈비언 친구들도 마찬가지였다. 그래서 우리 '가난하지만 섹시한(arm aber sexy) 베를린'

의 레즈비언들은 서로 병원 정보라든가, 제공받은 정자를 바로 주입하기 좋은 사이즈의 주사기 정보 같은 것을 공유하고, 필요한 책을 빌려주고, 좋은 정자 찾는 일을 도왔다. 그 속에 살 때 나는 나만 애가 없는 것 같았다.

하지만 좋은 정자를 찾는 일은 쉽지 않았다. 하루는 파트너가 조심스럽게 말을 꺼냈다.

"나리야, 나는 말이야, 아이가 없는 우리 모습이 어떨지 상상해봤어."

아이 없는 레즈비언 부부라니, 우리는 아무리 열심히 해도 생기지 않는 아이를 낳지 않겠다고 선언하며 레즈비언 딩크족이 되어가고 있었다.

기적, 미라클

파트너와 나는 스페인 남부로 휴가를 떠났다. 네르하. 내가 좋아했던 작은 휴양도시. 그리고 비행기 타러 급히 나가는 길에 종종 나에게 손편지를 써서 보내곤 했던 친구의 편지를 발견했다. 들고 공항으로 뛰었다. 그리고 비행기가 이륙하고 나서 편지를 뜯었다. 비뚤비뚤한 글씨체로 아무 종이나 뜯어서 쓴 여덟 장의 편지.

말레네. 영화학교 동기. 말레네는 영화학교 입학식 날 숫기 없는 나에게 다가와서 말을 걸었다.

"너 이름 킴이지? 너가 엑스트라 배우 관리하던 영화 현장에서 나 엑스트라였어. 너는 날 모르겠지만, 너가 아시아 사람이라서 기억하고 있었어. 난 말레네야. 엠-아-에르-엘-에-엔-에."

"그 현장 사람들에게 이름 여러 번 말해줘도 자꾸 킴이라고 불렀어. 킴은 성이고, 이름은 나리야. 엔-아-에르-이."

우리는 뭔가 함께하려고 여러 번 시도를 했지만, 말레네가 같이 하자는 건 주로 축구였다. 우리는 세상을 보는 시각에서 맞닿아 있는 지점이 많았다. 자주 우리가 꿈꾸는 세상에 대해 이야기했다. 나와 공놀이를 하고 싶었던 말레네는 숨쉬기 운동도 잘 못하던 나를 붙잡고 자꾸 축구를 하자고 했다. 나는 말레네가 찬 공을 주우러 다니느라 바빴다. 말레네는 피파에 속하지 않은 제3세계 국가들 간의 국제여자축구대회를 만들었다.

세상을 보는 관점은 비슷하지만 무언가 같이 하기엔 관심사와 재능이 너무 달랐던 친구. 하지만 오랜만에 다시 만나도 어제 본 것처럼 지난 15년을 함께한 내 친구.

말레네가 보낸 편지를 읽다가 비행기에서 울음을 터트렸다. 말레네는 임신한 상태에서 뇌종양에 걸렸다. 현대의학이 아직 치료법을 찾지 못한 희귀종양이라고 했다. 말레네는 나와 연락이 닿지 않았던 몇 달간 겪은 모든 일을 편지에 썼다. 글쓰기조차 힘든데도, 그걸 나에게 모두 말하는 것이 자신에게 필요한 일이라 쓴다고 두 번을 강조했다. 사실을 받아들일 수 없어 심령술사까지 찾아갔다고 했다. 그를 통한 '신'이 말레네를 낫게 해주겠다고 말했고, 말레네는 그 끈을 겨우 붙잡

내가 만난 세계

고 있었다. 그리고 나와 함께 한국에 가서 '자연치유사'를 찾겠다고 했다. 한국엔 유명한 기적의 치유사가 있다는 말을 들었다며. 파트너 말로는 내가 비행기에서 혼잣말을 했다고 한다. "Ja, ich komme mit dir mit!" 응, 내가 너랑 같이 갈게.

스페인 남부에 도착한 나는 말레네의 편지를 가슴 한켠에 묻었다. 그리고 일주일 후, 갑작스럽게 한국에 돌아오기로 결심했다. 한국으로 '귀국'한 데엔 여러 가지 내 삶에 중요한 이유들이 있었다. 하지만 나와 파트너는 그 갑작스러운 결심의 중심엔 말레네의 이야기가 있다는 걸 알고 있다. 네르하에서 내 삶의 방향은 예상하지 못한 길로 돌아섰다. 이삿짐을 싸서 함부르크 항구로 보내고, 한국으로 귀국하기 한 달 전에 나는 마지막으로 말레네와 베를린에서 만났다. 나는 마지막이 될 수도 있었던 그 자리에서 끝까지 웃었다. 하지만 우리는 마지막으로 할 수 있는 포옹처럼 오랫동안 꼭 껴안았다. "한국에서 다시 보자." 말레네는 만삭이었다.

한국에 와서 말레네가 찾는다는 자연치유사에 대해 알아보기 시작했다. 아무리 뜯어봐도 문제가 많은 사람 같아 보였다. 하지만 거기에 희망을 걸고 있는 말레네에게 한국의 자연치유에 대한 맥락과 '사이비'의 존재를 설명할 길이 없었다. 희망의 끈을 놓을까 봐 두려웠다. 그래서 통화 약속을 질질 끌며 딴 이야기를 이어갔고, '그 사람 참 찾기 어렵네, 산으로 들어갔나 봐.' 했다. 말레네는 하는 수 없이 독일에서 항암치료를 받고, 식이요법과 면역치료를 이어갔다.

결과는 기적, 미라클. 오늘 말레네는 뇌에 있던 악성종양이 모두 사라졌다는 MRI 결과를 받았다. 면역치료가 먹힌 거다. 처음엔 전혀 실감이 가지 않았고, 두어 시간 지나니 갑자기 울음이 터져 나왔다. 지금은 웃는다. 인간의 삶에 찾아오는 말도 안 되는 이 기적을 실컷 즐기며.

내가 사랑하는 사람들의 삶에 찾아오는 기적에 감사한다. 누군가의 삶에 기적이 되는 사람이 되고 싶다.

내가 만난 세계

내가
만들고 싶었던
세계

미디어 스타트업
액셀러레이터

"나리 님, 한국 와."

나는 암스테르담에서 지내고 있었다. 혼자 호텔방에 있는데 메신저로 전화가 울렸다.

나와 영화 세 작품을 같이 만든 감독이 지난 작품으로 유명해져서, 차기작은 샘플 제작을 위한 지원금을 받고 시작했다. 감독은 촬영팀을 꾸렸다. 촬영본을 들고 베를린의 내 편집실에 왔다. 겨울이었다. 우리는 그 샘플로 암스테르담에서 매년 열리는 다큐멘터리 썸머스쿨에 지원했다. 유명한 미국인 감독이 우리 멘토가 되었다.

조지아 트빌리시에 사는 감독은 겨울이 여름이 되는 사이 아기를 낳았다. 프로듀서, 감독, 그리고 나는 암스테르담의 한

호텔방에서 아기와 함께 지냈다. 썸머스쿨에서 우리 셋에게 지정해준 스케줄이 각자 달라서, 가끔 나는 낮에 혼자 그 방에서 시간을 보내기도 했다.

암스테르담 호텔 욕실 세면대 수도꼭지 위에는 '마실 수 있는 물이에요'라는 안내가 있었다. 온수가 되게 뜨거웠다. 나는 챙겨 간 컵라면을 수도꼭지에서 나온 온수에 불려서 먹고 있었다.

"나 창업했어. 여기 나리 님 도움받아야 하는 사람들이 있어. 나리 님 언제 한국 올 수 있어?"

나는 10월에 3주 정도 갈 수 있다고 말했다. 기가 막힌 타이밍에 갑자기 전화를 받았는데, 생각해보겠다는 말도 없이, 더 궁금한 것도 없이 그냥 가겠다고 했다. 지인이 창업했다는 '미디어 스타트업 액셀러레이터', 나는 그 단어를 통화할 때는 못 알아들었다. 말이 무척 빠른 분이라, 질문할 겨를도 없었다. 나는 그저 그 지인이 한국에서 또 독특한 회사를 창업하셨나 보다 했다. 지난번 창업하셨을 때도 나를 갑자기 한국으로 한 달 동안 부른 바로 그분이었고, 그때 만난 사람들과 나는 재미있는 시간을 보냈었다. 나는 거기서 인디 밴드 라이브 뮤직비디오 편집하는 일을 했다. 같이 일한 사람들도 모두 되게 순하고 재미있었다. 그 비슷한 일이거나, 혹은 또 재미있는 다른 일이겠거니 했다.

그리고 모르는 사람과 통화를 하라고 했다. 나와 잘 맞을 거라고 했다. 말이 무척 빠른 지인과의 통화는 정신없이 끝났다. 아직 내 라면이 미처 불지도 않았다.

나는 암스테르담을 떠나 베를린 집에 잠깐 들렀다가 조지아로 갔다. 그해 봄에 나는 조지아어 속성 과정을 들었다. 독일 학술교류처에서 조지아로 가는 단기 연구팀의 장학생으로도 선정됐다. 나는 조지아와 독일에 각각 집을 갖고 살 계획이었다. 사회과학 연구도 하고, 친구가 조지아 해안도시인 바투미에 소개해준다고 했던 집에 처박혀서 다큐멘터리를 만들고 싶었다. 내 삶은 이미 그 방향으로 흐르고 있었다. 조지아 친구들과 조지아에 있는 독일 지인들 모두 내 계획을 듣더니 기뻐했고, 다들 나서서 정착을 돕겠다고 했다. 나는 다시 올 것을 기약하며 조지아를 떠났다.

새벽같이 일어나서 트빌리시를 떠나, 작은 버스를 타고 쿠타이시로 갔다. 쿠타이시 공항은 규모가 한국의 어느 소도시 버스터미널 크기와 비슷했는데, 거기서 약간의 실랑이가 있었다. 내 여권에 'South Korea'라고 적혀 있지 않다며, 이 여권이 북한 것인지 남한 것인지 어떻게 아냐며 출국 허가를 거부했다. 비행기를 놓치면 안 되는 일정이었다. 하지만 나는 남한뿐만 아니라 북한의 영문 국가명도 외우고 있었고, 상급자가 와서 내가 '남한' 사람임을 확인해줬다. 그렇게 겨우겨우 쿠타이시에서 부다페스트로 가는 저가 항공을 탔다. 그리고 부다페스트에서 다시 베를린으로 가서 하루를 자고 일어나서 바로 베를린 테겔 공항으로 갔다. 나는 테겔에서 경유지를 거쳐 한국에 왔다.

며칠 사이 너무 이동을 많이 해서 아무 정신도 없었는데, 내가 한국에 온다는 말을 들은 한 지인이 일정 시작되기 전에 얼른 가자며 나를 갑자기 제주도에 데려갔다. 거기서 영화제에 갔고, 새로운 사람들을 만났다. 본 적 없는 아름다운 차밭과 습기 먹은 돌을 보았다. 조지아에서 본 것들과 너무 다른 풍경이었다. 한국이 이렇게 아름다운 곳이었던가. 그리고 드디어, 얼핏 통화로 들었던 그곳으로 갔다. 미디어 스타트업 액셀러레이터, 그곳은 새로 인테리어를 한 사무실에 새 가구들로 가득했다.

"나리 님, 일단 교육 프로그램을 만들어줘."

나는 이틀 밤을 새서, 그 회사에서 씨드 투자받은 1호 미디어 스타트업을 위한 영상 교육 프로그램을 만들었다. 그리고 콘텐츠 비즈니스 모델을 만들어야 하는 사람들에게 영상의 리듬을 느끼라고 말하기 시작했다.

내가 만들고 싶었던 세계

미터의

얽

"저는 독일 시골에 처박혀서 다큐나 만들던 사람인데……."

지인이 불러서 일하러 간 곳이 미디어 스타트업 창업과 투자 일을 하는 곳이라는 것을 뒤늦게 깨달은 나는 이런 말을 자주 했다. 나는 방송보다도 오래된 '올드' 미디어를, 그것도 대중적이지도 않은 아트하우스 다큐멘터리 영역에서 마치 장인처럼 한 컷 한 컷 이어 붙이는 '작품'을 주로 하고 있었는데, 그 회사가 하던 일은 아직 정의하기도 어려웠다.

나는 처음에는 단지 그 회사에서 만난 사람들이 좋았다. 특히 회사가 투자했던 여러 스타트업의 사람들은 스무 살에 한국을 떠난 나에게 처음으로 '이런 사람들이 있는 곳이라면, 여기 와서 살아도 좋지 않을까?' 같은 생각을 들게 했다. 무척 특별한 에너지를 가진 사람들이었고, 나는 그 사이에 있을 수 있는 게 좋았다. 그래서 나는 자꾸만 서울로 돌아왔다. 서울에서 한두 달 일하다 다시 베를린 집으로 돌아가서 한 달 지내다 서울로 또 돌아오는 일상이 반복됐다. 두 나라의 친구들은 내가 돌아갈 때마다 기뻐해줬고, 떠날 때마다 서운하다고 했다.

"내가 나리 님 살기 좋은 세상 만들어줄게. 나리 님, 한국 와."

살면서 그런 말을 들어본 적이 있던가? 아예 한국에서 살아볼까 진지하게 고민하고 있던 나에게 한 미디어의 '대장'이 말했다. 그 사람은 내 앞에서 세상을 바꿀 계획을 이야기했다. 모두가 자기 3미터 반경에 있는 사람들을 변화시킬 수 있다면, 그 원이 모이고 모여서 결국 세상이 변할 거라는 설명이었다. 단순한 설명이었지만 그의 말에는 큰 힘이 있었다. 사회의 모두가 그 사람에게 직접 설명을 들을 수 있었다면, 이 사회는 정말 빠른 속도로 변했을지도 모른다. '3미터의 원'은 함께 이루고 싶은 이상이었다.

나는 한편으론 마르크스가 만든 이론을 실제 사람들에게 적용했을 때 어떤 일이 일어났는가를 생각했다. 하지만 미처 나중 걱정을 하기도 전에 가슴이 뛰기 시작했다. '뉴' 미디어로 새로운 저널리즘을 하겠다는 사람들의 이상한 생각과 실천의

내가 만들고 싶었던 세계

역사가 시작되는 순간이었다. 독일과 조지아 시골에 처박혀서 계속 아트하우스 다큐를 만들고 싶었던 나는 그 순간 한국에서 저널리즘을 새롭게 정의하는 일에 빠졌고, 그 일에는 내가 살아온 모든 경험을 넣으면 도움이 될 것도 같았다. 일단 그걸 하겠다는 사람들이 있으니까 말이다.

모든 것이 처음이었던 새로운 영역의 사업에는 새로 만들어야 할 체계가 많았다. 경험이 없으니까 많은 것은 직관을 따랐고, 사람들에게도 직관 키우는 방법을 알려줬다. 직관적으로 주제를 선정하고, 리듬을 느끼고, '빠르게' 구성하고, 촉으로 시청자가 좋아할 것들을 알아채고, 그걸 완성하고, 모두 '따봉충'이 되었다며 새로고침을 하는 일이 일어나서, 그러고 나서 유입 데이터가 쌓이면 그걸 같이 보는 게 좋았다.

하지만 나는 모르는 게 많아도 너무 많았다. 내 앞에 주어진 일은 언론이랄까, 방송이랄까, 뉴스부터 시사/교양, 예능, 심지어 광고까지 아우르는 영역을 모두 다루고 있었다. 그 '콘텐츠'는 유튜브랄까, 팟캐스트랄까, 혹은 뉴스레터랄까, 그것도 아니면 소셜 미디어랄까, 모두 필름도 DCP도 전파도, '디지털'이라 이름 붙여진 것도 아닌 '온라인 플랫폼'에 담겼다. '뉴' 미디어 그 자체를 사업으로 만드는 일이었다. 내가 일한 곳은 심지어 한국 최초의 미디어 스타트업 전문 투자사였다. 이미 1세대 유튜버들이 유명세를 탔고, 이제 '미디어'에 새로운 시대가 열린다던 때였다. 매일 새로운 기대와 새로운 사건이 일어났다. 회사 사람들은 이제 언론도 방송도 모두 바뀐다고들 했다.

　모르는 용어투성이였다. 게다가 회사 사람들은 모든 문장에 영어를 섞어 썼다. 문장만 한국어고 용어는 다 영어였다. 오디언스, 타깃, 인게이지먼트, 페르소나, 린, 각종 마케팅 용어와 투자 용어까지 끝도 없었다. 나는 '니즈' 같은 단어도 거부하고 안 쓰던 사람이었는데, 거기서 일을 하려면 언어를 처음부터 새로 배워야 할 것 같았다. 나는 마치 처음 영화 현장에 들어갔던 때처럼, 메모장을 켜서 처음 듣는 단어들을 기록하고 정리했다. 하지만 나는 이제 현장 막내가 아니었다. 어떻게건 창업하는 사람들에게 도움이 되어야 했다.

　도움이 되려면 마케팅 공부를 해야 할 것 같아서 시작했다. 나에게 '소셜 미디어'의 감각은 있었지만 '매스 미디어'의 감각은 적었는데, 돌아보면 그 시기에 필요했던 감각은 매스 미디어의 경험을 소셜 미디어로 가져오는 능력이었던 것 같다. 하지만 그 초창기에는 무엇이건 '새로운 것'을 만들어내야 할 것만 같았고, 그 일은 쉽지 않았다. 회사에서 투자한 수많은 스타

　　　　　　　　　내가 만들고 싶었던 세계

트업 모두에게 도움이 되지는 못했다.

나는 스타트업 사람들의 능력을 높이거나 내부 구조를 변화시키는 일이 잘 맞았다. 그래서 브랜드의 가치를 알리는 일이라든가, 사람들이 새롭게 발견하고 흥미로워할 것 같은 아이템을 알아보는 약간의 감각을 갖고 일을 이어갔다. 그게 모든 영역에 통하는 건 아니었지만, 나도 내 주변 3미터의 원 안에서 변화를 만들어내고 싶었다.

몇 년이 지난 후, 친구가 된 '대장'과 나는 그때를 이렇게 소회하며 한참을 웃었다.

"반경 3미터가 생각보다 크더라구?"

내 주변 3미터는 이미 변하고 있었다.

방송국
14층 사람들

회사 동료가 방송국에 보낸 내 이력서를 보더니, 1종 보통 운전면허를 썼다며 놀렸다. 난 한국식 이력서 양식을 채워본 건 처음이었는데, 비어 있는 '자격증' 칸에 뭔가를 채워야 할 것 같았다. 내가 가진 국가공인 자격증이라곤 그거 하나밖에 없다. 내 또래 사람들은 취업 준비를 할 때 자격증을 많이 딴 것 같았다. 나는 단 하나도 없었다. 독일을 떠나면서 보낸 컨테이너가 아직 인천항에 도착하기도 전이었다.

방송국에서 연락이 왔다고 했다. 회사는 나를 방송국에 컨설턴트로 파견 보내기로 하고 내 이력서를 보냈는데, 방송국 국장님이 내가 독일 대형 외주 제작사에서 일한 경험을 높게 보셨다고 했다. "그래도 이분은 방송을 아는 분이네요."라고 하

내가 만들고 싶었던 세계

셨단다. 나는 나에게 전혀 중요하지도 자랑스럽지도 않았던 아주 먼 과거의 경력이 재평가되는 그 상황이 영 싫지만은 않았다. 내 방송국 파견 근무는 꽤 순조롭게 결정됐다.

나는 당시 회사에서 그 방송국의 메인 뉴스 20대 남성 시청률이 0%에 수렴한다는 충격적인 데이터의 문제를 해결하라는 임무를 받았다. 하지만 정작 그 뉴스를 만드는 분들은 누군가 그런 임무를 받고 유튜브 뉴스를 만들러 들어왔다는 걸 잘 모르셨다. 그 거대한 임무는 새 '뉴미디어 뉴스' 국장님의 의지였다. 방송국과 뉴스를 사랑하는 분이었고, 그 방송국 뉴스를 전 국민이 보던 80년대에도 뉴스를 만드는 현장에 있던 분이었다. 그분의 젊은 시절 영광과 달라진 미디어 생태계의 현실에는 큰 괴리가 있었다.

방송국 밖에서 미리 '젊은' 팀을 꾸려서 교육하고 방송국으로 함께 들어간 나와 팀원들은 소수의 인원이 빠른 결정과 실행을 반복하는 스타트업 문화에 더 익숙했다. 하지만 방송국은 거대하고 복잡했다. 장비부터 소스 받는 시스템 접근권을 얻는 일까지 수개월의 시간이 걸렸다. 내 팀원들에게 '기자'라는 직함을 주면 안 된다고 해서, '비디오 저널리스트'와 '디자인 저널리스트'라는 직함을 만들어서 우리끼리는 VJ, DJ라고 불렀다. 훌륭한 분들이었다. 나는 내 직함을 '리드 프로듀서'로

정하고 나 혼자서 LP판이라고 불렀다. 모두 방송국에 없던 것들이었다. 우리는 미디어 스타트업에서 배운 대로 '콘텐츠 발행'이라는 표현을 썼는데, 방송국에서는 '편성'과 '방송'이라는 표현을 썼다. 모든 것이 달랐고, 모든 것이 거대한 벽처럼 느껴지기도 했다.

비어 있던 14층에 우리 사무실을 꾸렸다. 동료와 나는 그 네모난 공간에 창의적으로 책상 배치를 해보려고 한참을 고민했다. 12층에는 다른 뉴미디어 팀이 있었고, 몇 명이 14층으로 올라왔다. 우리는 새 뉴스 브랜드에 '14층 사람들'이라는 의미로 '14F'라는 이름을 붙였는데, 그 방송국 다른 건물의 14층은 사장실이라며 윗분들이 재미있어하셨다. 우리 팀은 생겼다가 사라질지도 모르는 파견직과 비정규직이 모인 실험 프로젝트 팀이었는데, 윗분들은 우리 이름이 도전적으로 보여서 좋다고 하시는 거다.

나는 초기 팀 빌딩과 교육, 외부에서 들어간 팀원들의 사내 안착, 미디어 브랜딩, 프로토타입 제작과 초기 시스템 정착을 끝으로 그 방송국에서 나왔다. 아나운서 선정부터 영상에 올라가는 디자인이나 속도까지 논쟁도 많았다. 너무 빠르고 정신없는 뉴스 영상을 보신 국장님, 부장님, 차장님이 놀라서 아

내가 만들고 싶었던 세계

무 말도 못 하고 계실 때 나는 웃으면서, "세 분은 타깃 오디언스 아니십니다." 같은 말을 했다. 그 프로젝트를 만들기 위해 그 큰 조직에서 국장님과 뉴미디어뉴스국 부장님과 차장님들이 얼마나 애를 쓰셨는지는 그곳을 나오고서야 깨달았다.

얼마나 시간이 지났을까, 부장님께 전화가 왔다.
"나리 님! 저희 구독자 100만 달성했습니다!"

새로운
직업

사무실 동네 한 까페 사장님이 거기는 뭐 하는 회사냐고 묻
길래 돌려 말하지 않고 답했다.

"미디어 인큐베이터요."

그리고 굳이 설명을 덧붙였다.

"같은 건물 연세 많은 사장님들이 물어보시면 그냥 영화사
라고 해요. 뭔지 설명하느니 그게 속 편해서. 근데 영화사 아니
에요."

까페 사장님이 답했다.

"아, 요즘 나온 새로운 직업이구나?"

다음번에 까페에 갔더니 사장님 눈빛이 반짝였다.

"저, 미디어 인큐베이터가 뭔지 검색했어요. 근데 나리 님
회사가 나오더라구. 사무실이 우리 까페 바로 근처던데요?"

내가 만들고 싶었던 세계

새로 생긴 직업을 수행하고 산다는 생각은 그다지 해보지 않았다. 다만 마땅히 갈 데가 없고 일하고 싶었던 곳은 사라졌으니, 내 직업은 내가 만든다는 생각 정도를 했다. 이 직업은 내가 지속하지 않으면 아예 사라지는 직업인지도 모르겠다. 한 분이 그러셨다.

"대표님이 그만두면 회사가 사라져요."

회사뿐만 아니라, 우리 같은 미디어 인큐베이터는 사라질 것 같았다.

우리에게도
생긴답니다

사업을 처음 시작하고 매출이 늘었다. 프리랜서로 일하던 중에 한 고객이 세금계산서가 필요하대서 시작한 사업에 더 가까웠는데, 일이 자꾸 밀리듯이 들어와서 금방 직원이 필요해졌다. 직원이 한 명, 또 한 명, 또 한 명, 그리고 또 한 명이 생겼다. 내 일이었던 것은 회사가 되어 있었고, 직원들은 회사라면 응당 갖춰야 할 것들을 알아서 만들어내기 시작했다.

"나리 님! 우리에게도 회사 홈페이지가 생긴답니다!"

그런 순간을 경험한 대표는 다른 대표들에게 자랑을 하러 다녔다. 대표들은 모이면 끝없이 자기 직원 자랑을 하는 버릇이 있고, 나도 똑같아졌다.

나는 'N잡러들의 회사'가 되면 좋겠다고 생각하며 파트타

내가 만들고 싶었던 세계

임 정규직 구인공고를 냈다. 나 스스로가 N잡러였다. 그런데 직원들이 이 회사에 오래 다니고 싶다는 말을 했다. 더 오래 다닐 수 있으려면 일하는 시간이 늘어나야 할 것 같다고. N잡러들의 회사를 상상했던 나는 주20시간 계약으로 입사한 직원들의 계약을 주35시간으로 바꿨다.

우리가 일곱 명이 되는 데엔 많은 시간이 걸리지 않았다. 회사는 우리에게도 생긴다던 홈페이지처럼 사람들이 모이니 생겨 있었다.

이걸 꼭
말로 해야 돼?

오늘 업무평가 항목 중 동료의 업무에 대한 설문지 질문을 사람들이 함께 모여 설계했다. 우리 업무평가 시스템의 80% 를 이 개인별 설문지의 점수 통계가 차지하는데, 기존에 HR 담당자가 설계했던 질문들을 다 같이 모여 개선하기로 했다.

처음엔 다들 어려워하길래 내가 중간에 개입해서 몇 가지 연상작용 포인트를 제공했다. 그랬더니 다들 에너지가 상승하면서 좋은 질문들이 쏟아져 나왔다. 와, 우리는 또 함께 무언가를 해냈네.

동료들은 경험과 미래예측치를 기반으로 자신과 동료를 평가할 항목들을 스스로 만들어냈다. 경영자인 내 시점에서 대놓고 말하기 어려웠던 부분들을 말해줘서 나에게도 '힐링'

내가 만들고 싶었던 세계

의 시간이었다. 동료들은 이렇게 같이 문화를 만들어서 좋았고, 또한 다들 자기가 잘하고 있는지를 돌아봤다고 했다.

이제 각자 직관적으로 튀어나온 질문들을 내가 비폭력적 언어로 다시 다듬어서 항목별로 분류하여 정리하기로 했다. 오늘 나온 많은 의견 중 순간 모두가 공감했던 질문은 이거였다.

〈동료가 '이걸 꼭 말로 해야 돼?'라는 생각이 들지 않게 했는가?〉

같이 얘기할 땐 공감돼서 웃었는데, 이렇게 적어놓고 보니 문득 아프다. 이 질문의 원래 뜻은 '책임감 있게 디테일들을 챙기는가?' 내지는 '수동적으로 선 긋고 다른 일에는 관여하려 하지 않거나 제대로 마무리하지 않는 경우가 있는가?'인데, '이걸 꼭 말로 해야 돼?'라는 마음이 드는 순간의 감정이 질문에 그대로 반영된 거다. 지금 우리는 서로 이런 감정을 느끼지 않고 있지만, 과거에 그런 순간들이 있었다는 걸 질문을 통해 공유하고, 이제 일하면서 그런 감정을 덜 느끼고 싶다는 암묵적 합의를 하게 된 것. 이제 이 뾰족한 언어를 내가 잘 다듬을 거다.

동료들이 스스로 설계한 질문들을 보고 있으니 다들 어떻게 일하고 싶은지가 보인다. 그리고 구체적으로 어떻게 일해주셨으면 하는 내 마음보다도 더 적극적이라 고맙다. 최근에 '주인의식'을 강요하는 상사에 대한 글을 읽었는데, 동료들은 모두 자기 자신을 주도하고 있으며, 자기 자신의 일에 대해서도 오너십을 갖고 있다는 생각을 했다. 감사한 일이다.

그리고 무엇보다, 그 기준들로 평가된다는 걸 알면서도 그 질문들에 도전하려는 사람들이 동료라서 기쁘다.

작은 회사
대표의 로망

　　나는 탕비실에 식기세척기가 있는 회사에 다니고 싶었다. 그게 나의 로망이었다. 아무리 자기 컵을 각자 씻어도 결국 손님 오시거나 해서 임자 없는 컵이 모이면 누군가의 일이 되기 때문이다.

　　부엌에 식기세척기를 설치하고 처음으로 돌리는데, 투명 문이라 속이 훤하게 보였다. 가끔 그런 것들을 하염없이 바라보게 된다.
　　새 사무실을 꾸미느라 연휴 동안 끊임없이 육체노동을 한 나는 약간 지쳤다. 그래도 뿌듯해서 바라보고 있는데, 이런 거다 되어 있는 회사에 다니고 싶다는 생각이 들었다. 딱 그 순간 문득 외롭고 힘든 거지. 그런데 내 속에서 다음과 같은 문장이 올라왔다.

'이런 거 다 되어 있게 만드는 사람이 나인 거지.'

작은 회사 대표는 자기 손으로 로망을 이룬다.

뿌듯함을
전할 기회

베를린에서 공공운수노조 파업이 한 달 이상 이어진 시기가 있었다.

당시 중고차 가격이 올랐을 정도로 여파가 컸다. 한국에서 겪은 파업에 비해 상상할 수 없이 큰 규모였다. 대체 이동수단은 아주 제한적으로, 긴급 노선으로만 운행됐다. 그때의 이야기다.

정말 멈췄다. 이 말 말고는 딱히 뭐라 표현해야 할지 모르겠다. 정말로 지하철과 버스는 다니지 않았다. 첫날엔 우선 대체 버스 정류장을 겨우겨우 찾아서 갔더니, 수많은 사람들이 한 시간에 한 대 올까 말까 한 버스를 기다리고 있었다. 나는 그날의 일을 평생 잊을 수 없을 거다.

버스가 왔다. 노인, 유아차에 아이를 동반한 사람, 장애인이 먼저 탑승하자, 남은 사람들은 탈 자리가 없었다. 많은 사람들이 포기하고 걷기 시작했고, 나는 걸어갈 수 없는 곳까지 가야 해서 남았다. 그리고 남은 사람들이 이야기를 나누기 시작했다. 내 옆 사람이 나에게 이런 말을 건넸다.

"이런 날이 있어서 너무 좋아요. 파업이 있을 때나 가능한 경험이잖아요."

그 말을 들은 주변 사람들의 표정이 밝아지며 말을 보태기 시작했다. 우리는 파업의 이유를 이야기했고, 그 파업에 연대하는 마음이 되었고, 사회적 약자들을 먼저 태우고 남은 사람들끼리 공유하는 특유의 여유가 있었다.

그때의 분위기를, 하필 지독하게 좋았던 날씨마저 우리를 도왔던 그날의 분위기를 더 생생히 쓸 수 없는 것 같아 속상할 지경이다. 그날 나에게는 어떤 뿌듯함이 생겼다. 한 사회의 구성원으로서 느끼는 뿌듯함. 그 후로 나는, 내가 어떤 사회에서 살더라도 그 뿌듯함을 전하는 사람이 되리라 다짐했다.

기회가 왔다. 4호선 타고 출근하는 직원들이 업무 메신저 창에 쓴 죄송하다는 알림이 뜨던 그날이었다. 나에겐 기회였다. 지하철에서 시위하니까 당연히 늦는 거고, 미안해할 일이

내가 만들고 싶었던 세계

아니라고 말했다. 그리고 우리 회사는 지각하는 걸로 연대하
자고 했다.

  나는 우리의 경험을 공유하면 다른 회사들도 따라 할 거라
생각했다. 나는 그날 소셜미디어에 이렇게 썼고, 기사로 보도
됐다.

  기획재정부에 요청합니다.

  그리고 회사를 운영하시는 분들께 부탁합니다.

  오늘 우리 직원 한 명은 결국 한참 지하철에서 기다리다가 집으로
돌아갔고 오피스로 출근을 하지 못했어요. 전장연(전국장애인차별철
폐연대) 시위가 길어졌다는 보고를 받았습니다. 전장연의 면담 요구
를 기재부가 받아들이지 않았기 때문이더군요.

  이런 일은 처음이 아닙니다. 기재부는 기업과 개개인에게 이런 비
용을 떠안기고 있습니다. 전장연의 요구를 들어주세요. 그때까지 우
리 회사는 지각으로 연대하기로 했습니다.

  우리 회사는 앞으로 전장연 시위로 인해 지각한 시간만큼을 근무시
간 기록 플랫폼에 '연대'로 표시하고, 직원 당사자의 근무시간으로
인정할 것입니다. 그동안은 기록 없이 인정해왔으나, 앞으로 이 사
태가 장기화될 경우 이 데이터를 근거로 기재부에 항의하겠습니다.

  저희는 저를 포함하여 직원 7명인 작디작은 회사입니다. 다른 회사들
의 연대를 부탁합니다. 직원인 분들은 회사에 연대를 요청해주세요.

저는 전장연과 어떤 연관이 있지도, 심지어 장애인인 가족이 있지도 않은, 작은 기업을 운영하는 사람일 뿐입니다. 그러나 반복되는 우리 직원의 불편과 그로 인해 협업하는 동료들이 치러야 하는 불편이 반복되고 있습니다. 또한 이와 관련한 비용은 회사가 감당하게 됩니다. 그렇지 않으면 직원 개개인의 몫이 될 테니까요. 따라서, 우리 회사는 전장연 시위로 인한 문제 해결의 주체인 기재부에 해결을 촉구할 수밖에 없습니다.

전장연 시위로 인한 지각은 기재부가 문제를 적극적으로 해결하지 않고 있기 때문에 일어나고 있습니다. 기재부에 촉구합니다. 기업의 불편을 해결해주세요.

내가 만들고 싶었던 세계

나리 님은 멘토가 있어요?

"나리 님은 멘토가 있어요?"

친구가 물었던 말이다. 친구도 대표고 나도 대표인데, 차이가 있다면 친구는 고용된 대표고 나는 창업자 대표라는 것, 그리고 친구는 월급이 있고 나는 없다는 것, 또한 친구네는 수십 명이고 우리는 7명이라는 것. 우리는 하는 일에 접점이 많고, 각각 우리가 대표인 두 회사의 사람들 모두 즐겁게 일한다.

친구의 질문은 어려운 의사결정을 할 때 의견을 묻고 논의하는 사람이 있냐는 뜻이었다. 친구는 가끔 내 의견을 묻곤 했었는데, 생각해보니 나는 친구에게 사업에 대한 고민을 크게 털어놓지 않았었다. 어차피 내가 그의 멘토는 아니었고 들어주는 사람 역할이었지만, 그런 대화가 쌓여가면서 아마도 친구는 생각했던 모양이다.

'저 사람은 외롭구나. 내가 좋은 질문을 던져줘야지.'

나는 어차피 대부분 혼자 결정하는 타입이라 주변의 조언을 구하는 일은 정말 뭔가를 몰라서 정보가 필요할 때가 대부분이다. 가령 법인전환을 할 땐 약간 한계를 느꼈고, 내 질문에 답해주실 것 같은 분께 도움을 요청해서 밑도 끝도 없이 질문을 했다. 그 외 '광범위한 업계 내에서' 알게 된 누군가를 만나자고 하는 건 보통, 그분에게 인간적 호감이 있기 때문이었다. 만나서도 일에 대한 조언을 구하기보단 스몰 토크를 주로 했다.

최근, 어떤 기로에 섰다. 지금 규모 다음 단계로 나가기 위한 준비를 하고 있는데, 뭔가 내 촉이 서지 않았다. 그래서 나는 멘토를 찾아보기 시작했다.

멘토를 찾는 건 쉽지 않았다. 나는 아마도 수많은 사람들에게 멘토일 텐데, 그러면서 동시에 이제 사업을 새로 시작하는 젊은 창업가인데, 물어볼 곳이 없었다. 나는 왜 물어볼 곳이 없는지를 어느 날 알았다. 내가 하고 싶은 사업은 일단 돈이 많아야 할 수 있거나 혹은 비즈니스 모델이 부동산, 교육, 컨설팅, 투자 등으로 명확해야 하는데, 나는 그중 아무것도 갖고 있지 않았고, 여러 개의 작은 파이프라인을 꽂아두고 그때그때 들어오는 일들을 재미있게 하면서 여기까지 왔다. 이렇게 사업해도 된다는 얘기를 나에게 해줄 수 있는 멘토는 어쩌면, 세상

내가 만들고 싶었던 세계

에 나쁘이지 않았을까?

　그러다 한 컨설팅 회사로부터 제안서를 받았다. 우리를 기업신용평가 등급 높은, 사내연구소와 여러 가지 인증서를 가진, 그래서 융자나 국가지원사업에 유리한 회사로 만들어주겠다는 거였다. 담당 컨설턴트는 나에게 캐시카우로 미디어 전문 컨설팅 비즈니스를 플랫폼화해서 키우라고 조언했다. 뉴딜 정책에 맞게 함께 만들어주겠다는 거다. 솔깃했다. 그래서 이것에 대해 조언해주실 수 있는 분을 찾았다.

　감사하게도 나에게 시간을 내주신 대표님이 있었다. 대표님은 지금 컨설팅 업체가 중요한 게 아니라며, 나에게 아주 현실적인 이야기들을 해주셨다. 내가 정말 하고 싶은 걸 하고 있는지 물으셨는데, 마침 내가 하고 싶은 게 무엇인지 줄줄 읊으려는 찰나에, 내가 하고 싶어 하는 사업은 미래에 그 사업을 위한 리소스가 준비되면 할 수 있다는 맥락의 말씀을 하셨다. 함께하는 '주니어' 동료들에 대한 이야기도 많이 해주셨다. 성장과 사람들에 대해, 돈이 되는 비즈니스에 대해, 유명해지는 것에 대해서도 말씀하셨다. 누군가 내가 고민하거나 염려하던 부분에 대해 이야기해준다는 것만으로도, 귓밥 쌓인 귓속이 청소되는 것 같은 기분이 들었다.

　대표님은 또 나에게 '메이커(창작자)냐, 앙트레프레너(창업가)냐'고도 물으셨다. 이 질문은 꼭 앙트레프레너들이 던지는 질문이므로, 나는 굳이 앙트레프레너라고 대답해야 할 것만 같았다. 그래서 애써 얼마나 창업가다운지를 말하고 싶기도 했던 것 같다.

멘토, 아니 답을 내려줄 인도의 구루(Guru)가 필요해서 찾아 갔던 나는 감사의 인사를 남기며 나오는 길에 혼잣말을 했다.

"난 메이커 출신의 앙트레프레너지, 뭐."

나는 메이커 출신다운 사업에 집중해보기로 했다.

내가 만들고 싶었던 세계

대표의 냄비는
광이 난다

나는 회사에 성장이 필요하다고 판단했다. 마침 코로나
19가 시작되어 은행에 돈이 풀렸다. 나는 기사를 읽은 직후부
터 바로 준비해서, 신용보증재단과 은행에서 미처 준비되기도
전에 상담을 받고, 5천만 원을 1.5% 이자로 대출받았다.

우리 매출의 큰 부분은 미디어 콘텐츠 교육과 컨설팅, 그리
고 콘텐츠 제작이었다. 내가 없으면 안 되는 일이 많아서, 어째
직원이 늘어갈수록 나는 더 바빠졌다.

코로나는 쉽사리 끝나지 않았다. 새로 런칭하려던 교육 프
로그램은 열리지 못했고, 그러다 한 명이 '확진자'가 되어 회사
가 폐쇄됐다. 우리가 교육 나갔던 기관들도 모두 문을 닫아야
해서, 결국 천여 명이 자가격리하게 됐다. 나는 여러 구청에서

걸려오는 전화만으로도 정신이 없었다. 결국 모두가 2주간 자가격리를 하고 돌아가보니 우리는 2주보다 더 많은 시간과 돈, 그리고 무엇보다 동력을 잃은 상태였다. 그래도 괜찮았다. 대표가 이럴 줄 알고 미리 코로나 지원자금을 구해놨기 때문에.

하지만 다시 그런 일을 겪을 수는 없었기에 우리는 주로 재택근무를 하며 지내게 되었다. 서로 만나지 못하자 업무 효율이 떨어지기 시작했다. 그래서 우리는 다시 오피스에서 만났다. 그리고 꽤 큰 규모의 일도 들어오기 시작했다. 우리는 신나게 일할 수 있었고, 어느덧 내가 나타나지 않아도 되는 프로젝트가 늘어갔다. 비록 코로나 시국이었지만, 우리는 운이 좋은 것 같았다. 규모가 커지면서 회사는 법인으로 전환했다.

그즈음이었던 것 같다. 경기가 어려워지는 조짐이 이미 시작되었고, 당시에 나는 잘 몰랐다. 사실 알았어도 어느 만큼인지 가늠하기는 어려웠다. 고객사 내부에서는 구조조정이 있거나 사업 모델을 바꾸는 등 갑작스러운 변화들이 일어났다. 사전 세팅에 공을 들였던 큰 계약 하나가 취소됐다. 손실이 컸다. 회전자금으로 쓰던 대출은 그 손실을 막는 데 사용됐다.

그때 멈췄으면 어땠을까 싶다. 혼자 갑갑한 마음이 들어서 한 대표님께 상담을 요청했다. 그분은 진지하게 이런 말씀을 하셨다.

"어린 직원들은 여기서 다 내보내고, 대표님이랑 비슷한 경력 가진 사람 한두 명이랑 사업해요."

하지만 나는 청개구리처럼 회사 규모를 더 확장하고 사업 방향을 미디어로 바꾸는 큰 결정을 내렸다. 당시 한 모임에 가서 자기소개 때 했던 말이 기억난다.

"없는 아파트 팔아서 사업하고 있어요."

나는 대표 가수금을 투입했다. 그런데 그런 무모한 결단이 맞은 것처럼 일이 풀리기 시작했다. 하지만 자금이 더 필요했다. 서울시장이 갑자기 바뀌면서 기업대출에 새로운 정책자금이 풀렸고, 법인은 또 좋은 조건으로 추가 대출을 받았다. 우리에게는 더 좋은 기회들이 생겼고, 매출 그래프가 조금씩 안정권에 접어들기 시작했다. 연말에는 무려 내 '투자금'이었던 가수금을 정산해서 손익분기점에 도달할 예정이었고, 그러면 나는 가수금을 자본금으로 증자해서, 내가 회사에 투입한 돈이 회사의 빚이 아니라 내 투자금이 되도록 전환할 계획이었다. 기대보다 빠른 성장이었다. 우리가 만드는 포맷에 관심을 갖고, 그것이 '돈'이 될 거라고 믿는 사람들이 나타나기 시작했다. 우리는 오피스도 옮겼다. 엘리베이터가 있는 새 건물로 말이다.

그런데 어떤 안정기에 접어들기 시작하면서 회사에는 이상한 기운이 감돌았다. 나는 고객사에 대한 의존도가 높은 우리 비즈니스를 바꾸고 싶었는데, 회사 분위기는 달랐다. 때마침 인수합병 제안을 받았다. 그곳으로 가면 고객사 의존도는 더 높아질 예정이었지만, 오래되고 탄탄한 회사라서 안정감이 있었다.

그러는 사이 상장을 준비하던 한 고객사에서 우리가 담당하던 파트의 사업을 확장하겠다고 했고, 우리가 맡은 일은 최소 두 배 이상이 될 예정이었고, 단가를 높이는 데도 성공했다. 당장 더 성장하지는 않아도 다른 사업을 하지 않아도 될 만큼이었다.

하지만 고객사 내부의 인사 변화가 일어났고, 새로 온 고객사 관리자가 우리가 일하던 프로젝트를 중단시켰다. 이제 남은 건 인수합병이었다. 구두로 협의한 인수합병 조건도 좋았다. 간절했다. 직원들 돈도 더 벌게 해주고 싶었다. 그런데, 아, 뭐라고 설명해야 할까. 나는 정말이지 너무 촉이 안 좋았다.

그리고 그날, 인수합병은 결렬됐다.

그로부터 모든 직원들이 퇴사하는 데에 일주일쯤 걸렸던가. 그 정신없고 고통스러웠던 날들이 어떻게 지나갔던 걸까.

나는 혼자 남아서 모든 것을 정리하기 시작했다. 직원들로 가득했던 공간에 혼자 앉아 있기만 해도 무수한 기억들이 떠올랐다.

두어 달은 집에서 냄비를 광이 나도록 닦으면서 보냈다. 더 이상 광낼 냄비가 없었다.

멘토

사업하면서 힘들었던 게, 나는 멘토가 없다는 거였다.

나도 잘 모르는 영역에서 내가 사람들의 멘토였다. 독일어에 '학문적 독일인'이라는 표현이 있는데, 쉽게 말해서 독일에서 대학 나온 사람을 말한다. '세법적 독일인' 같은 표현도 있다. 나는 '학문적 독일인'이 된 후 바로 '세법적 독일인'으로 살았어서 독일에선 대학이나 협회 선배 등의 멘토가 많았다. 쉽게 말하면 학연과 인맥이다.

독일 선배에게 연락이 왔다. 존경하는 선배지만 내가 그분처럼 될 수는 없는 철저한 캐릭터인데, 일할 땐 한 프레임 찌를 틈도 없을 것 같지만 후배들에게 따스하다. 무려 한국에 있는 나한테 일 주려고 연락했더라. 학연의 품이 너무도 포근해서

내가 만들고 싶었던 세계

기분 진짜 이상하다.

나에겐 독일에는 사회적으로 기댈 곳이, 한국에는 기댈 가족이 있다. 독일에 살 땐 속으로 '나도 울엄마 있다, 모!' 할 때가 이따금 있었다. 한국에선 가끔 '나도 선배도 있고 동기들도 있다, 모!' 할 때가 있었다. 그래서 나는 두 나라 양다리 걸치는 사람으로 사는 거다.

요즘은 어딘가에 기대어 살고 싶다. 법과 제도가 내 가족을 사회 구성원으로 인정하는 시스템에 기대고 싶고, 누가 만든 사업이나 프로젝트에 일원으로 참여해서 거기 이미 만들어진 팀에 속하고 싶다. 없는 것을 만들고, 거친 땅을 개척하고, 타인을 품을 공간을 내어주던 삶에서 잠시 쉬고 싶다.

4

내가 만나는
세상 I

코리아 치킨,
몽골 홀스

나를 픽업하러 온 캐빈이 공항에서 물었다.

"여행 계획 있어요?" (What plan?)

나는 대답했다.

"아무 계획도, 생각도 없어요." (No idea, no plan.)

캐빈이 말했다.

"그럼 그냥 쉬다 가요." (Ok. rest!)

"참, 환전하고 갈래요?" (Change money?)

돈이 필요할까? 하지만 만사 귀찮았다. 환전소 줄이 길었다.

"괜찮아요." (No need.)

캐빈은 친절한 사람이었다.

"환전이야 나중에 도시 가서 하면 되죠. :)" (No need ok! City ok!)

한국에 돌아와서 처음 다녔던 회사를 퇴사하고 나는 혼자 몽골의 초원에 갔다. 캐빈은 몽골인 현지 가이드였다.

캐빈은 지친 나를 가장 편안한 방식으로, 그리고 내가 경험해야 할 모든 것을 가장 적절한 때에 가져다주었다. 게르 캠프로 가는 길엔 "내 친구가 몽골에선 꼭 말을 타야 한다고 했는데 사실 만사 귀찮다."고 말했고, 다음 날 아침을 먹고 나니 내 게르 앞에 말이 서 있었다.

"당신이 오늘 탈 말이 도착했어요." (Ur horse coming.)

"말이 배달된다고요?" (What?)

"한국에선 치킨 배달, 몽골에선 말 배달이죠!" (Korea chicken, Mongo horse!)

우리는 죽이 잘 맞았다. 하루는 캐빈이 나를 강가에 데려갔고, 강을 건너는 가족을 만났다. 강가에서 돌아오는 길에는 숲을 바라보며 버섯과 베리류 이야기를 해줬다. 또 하루는 울란바토르로 가는 길에 숲에서 딴 버섯을 파는 사람들을 보았다. 캐빈은 차를 세워 버섯을 샀다.

그 버섯향이, 소똥 태워서 난롯불을 켜던 내 옷에 밴 냄새 사이로 퍼졌다.

말러네의 책

말레네가 에세이를 써서 곧 출판된다고 연락이 왔다.

희귀 난치병에 걸린 상태에서 아기를 갖고 이겨낸 이야기.
당시 친구가 병원에서 '얼마 남지 않았다'는 말을 들은 상태에
서 나한테 손편지를 길게 써서 보냈었다. 나는 공항 가던 길이
라 울면서 비행기를 탔다. 그런데 기적이 여러 번 일어났고, 내
친구도 아이도 살았다.

우리는 서로 떨어져 있던 사이에 새로운 가족이 생겼고 각
자 자기 삶에 대한 책을 썼다. 그리고 진짜 신기한 거, 우리 둘
다 2024년에 베를린으로 돌아간다.

영화학교 같은 과, 같은 학년이 나까지 딱 열 명인데, 우리가 베를린에 돌아가면 동창회를 하기로 했다. 우리 졸업하고 13년 만에 다시 만나겠다. 비엔나에 있는 동기도 꼭 오겠다고 했고, 어쩌면 아예 베를린으로 돌아올지도 모른다고 했다. 우리, 이제 다시 모이는 거야?

말레네의 책을 한국어로 번역하고 싶다.

독일의 이것들이
그리웠다

어제 만난 독일인 친구가 물었다.

"한국에서 몇 년간 살면서 독일의 무엇이 제일 그리웠어요? TOP 3 말해봐요."

"Respekt, Kommunikation und Brot."

존중, 소통, 빵. 그리고 그 세 개의 주제로 몇 시간을 이야기했다.

Brot 빵

특히 독일빵은 정말 부정할 수 없는 게, 독일에서 독일빵을 잘 안 먹던 독일인도 외국에 나가면 독일빵이 미친 듯이 먹고 싶을 때가 있다고 할 정도. 독일빵이 딱히 더 맛있거나 대단해서가 아니다. 하지만 그런 독일빵은 정말 독일에밖에 없으니까 그렇다. 그리고 누군가 나의 '중간자적 상태'를 이해하려고 한다면 독일인에게 있어서 빵은 무척 보편적인 예시. 떠나면 그리울 수밖에 없는 그런 것이다. 아무튼 나도 한국에선 김치 좋아하는 아이가 아니었다 이거다. 하지만 독일 살 땐 가끔 김치 생각으로 입에 침이 가득 고였다. 그런 종류의 보편성이다.

Kommunikation 소통

한국인들은 모르는 사람과 스몰 토크를 잘 하지 않는다. 어제 만난 한국인 친구와도 잠깐 얘기했는데, 택시 타면서 "안녕하세요." 하면 기사님이 바로 "어느 나라에서 오셨어요~?" 하는 그런 게 있다. 물론 그렇다고 택시기사님이 나에게 말을 걸지 않는 것은 아니므로, 그것이 스몰 토크 아니냐고 말할 수 있을지도 모르는데, 많은 경우 일방적인 배설이거나 혹은 내 바운더리를 쉽게 넘어 들어오는 불편한 질문 공세일 때가 많았다. 좋은 대화들도 있었다는 걸 부정할 순 없지만, 보편적으로는 그렇다. 카페에서 주문하면서 스몰 토크를 던졌다간 치근덕대는 사람이 될 수도 있다. 이런 아주 사소한 사회적 연결의 감각이 무척 다르다. 물론 나도 독일 살 땐 답답해서 가끔 런던이나 바르셀로나로 튀어나가서 독일인보다 더 스몰 토크 좋아하는 사람들 사이를 비비곤 했었다. 친구는 상담사인데, "우리의 뇌는 그런 작은 일상의 연결들을 필요로 해요." 하고 말했

　　　　　　　　　　내가 만나는 세상 I

다. 나는 "한국에도 어떤 다른 방식의 소통과 연결이 있을 텐데, 나는 아직 거기에 진입하지 못한 것 같다."라고 결론을 냈다.

Respekt 존중

나는 주로 '갑을관계'에 대한 이야기를 했다. 한국이 워낙 권력형 범죄라든가 권력에 의한 억압이 많은 사회이다 보니, 상대적으로 많은 사람들의 관계는 누르거나, 눌리지 않으려고 저항하는 것을 기반으로 한다는 생각이 들었다. 그래서 인간관계는 갑이냐 을이냐의 이분법에 지배받곤 한다. '갑'이 '을'을 존중하지 않는 것과 동시에 존중하려 해도 어려움을 느낄 때가 많고, 또 '을'은 '갑'을 두려워할 뿐 존중하기 쉽지 않다. 게다가 존중하려 하면 아첨처럼 느껴질 수 있다. 우리는 사회적 관계에서 어떤 '존중하는 법'이 다르고, 나는 아직 어떻게 존중하고 존중받아야 할지 모르겠다는 말도 했다. 그랬더니 친구가 물었다. "한국은 독재를 얼마나 오래 겪었어요?" 머리가 하얘지는 것 같아서 위키피디아를 뒤지고, 대화는 잠시 정치 시스템에 대한 것으로 이어졌는데, 친구가 말했다. "말씀하신 건 구 동독(DDR) 사람들이 겪었던 것과 유사해요. 혹시 한국도 자살률이 높나요?" 친구 말로는 구 동독 사람들은 서독 사람들보다 적은 사회적 소통과 독재에서 비롯된 권력 관계에서의 존중 부족으로 무척 외로워했다고 말했다.

어떤 그리움에 대해 이야기하다가, 나는 '나'라는 어떤 중간자적 존재가 비교하고 있는 두 나라에 대해 더 깊게 생각해보게 되었다. 그리고 나 자신을 보았다. 어차피 나의 비교는 두 나라에, 그것도 내가 경험하는 사회의 한 조각에 대한 것일 뿐이었다. 실컷 징징대고 나서 나는 말했다.

"이제서야 두 나라 모두의 사람이라는 생각이 들어요."

나는 한국의 사람이자, 동시에 독일의 사람이었다.

용기

솔직함에는 용기가 필요하고, 그래서 어떤 사실을 누군가에게 알려주는 일은 쉽지 않다.

1. 너 냄새 나

나는 후각이 무척 예민하다. 남들도 그런 줄 알았는데, 알고 보니 아주 소수의 사람들만 그렇다는 것을 깨달은 건 어른이 되고도 한참 지나서였다. 나는 '아픈 냄새'의 여러 가지 종류들을 구분할 수 있다. 질병 냄새 감별사 전문 과정이 있다면 내 능력은 훨씬 발달했을 거다.

고등학생 때 짝이었던 친구에게서는 자궁에서 나는 염증 냄새가 났다. 그런 냄새를 맡아본 적이 없는 것 같은데도 냄새로 알았다. 나는 참기가 어려웠는데, 다른 아이들한테는 안 났던 모양이다. 그리고 나는 그걸 아직 몰랐고, 다른 애들도 참는 줄 알았다. 그렇게 며칠을 참다가 두통을 견디지 못한 나는 친구에게 말해줬다. 아주 조심스럽게 말이다.

"짝꿍, 내 말 잘 들어. 너 꼭 병원 가봐. 산부인과."

고등학생에게 산부인과에 가라고 한 게 문제였을까. 친구는 왜냐고 물었고, 결국 나는 이렇게 말했다.

"너한테서 자궁 아픈 사람 냄새가 나."

친구의 반응은 내가 기대한 것이 아니었다. 친구는 그 즉시 울음을 터트리더니 큰 소리로 말했다.

"김나리가 나더러 냄새난대!"

짝이고 애들이고 난리가 나서 모두 나를 비난했고, 나는 세상 나쁜 사람이 되었다. 친구는 집에 가서도 자기 엄마한테 내 욕을 했고, 친구 엄마는 혹시 몰라 친구를 정말 산부인과에 데리고 갔다. 친구는 심한 자궁경부염이었단다. 늦었으면 수술해야 할 정도로 심했단다. 친구가 내 귀에 대고 말했다.

"김나리, 그땐 내가 미안. 근데, 미안한데, 쪽팔리니까 애들한텐 말 안 하면 안 돼?"

나는 의리는 지켰지만, 그 후로 아픈 냄새가 나는 사람에게 그 사실을 알리지 않았다. 나도 비난받는 거 정말 싫었기 때문이다. 그래도 뭐 친구는 더 아프고 나서 발견했을 병을 미리 발견했으니 다행이다. 그 일이 여전히 가끔 생각난다.

2. 너 옷 스타일 구려

지인과 친구들이 공통으로 아는 한 사람은 옷을 잘 못 입는 다. 사람이 옷 좀 못 입어도 되지만, 그 사람 경우엔 옷 못 입어 서 그 사람의 일에 방해가 될 정도다. 사람들은 그런 뒷이야기 를 해도 되나 하면서도 약간은 걱정을 하며, 그 사람 누가 제발 코디 좀 해주라고 한다. 여기저기서 그런 이야기가 들린다.

하지만 아직까지 아무도 그 이야기를 해주지 않은 모양이 다. 에둘러 말하는 것은 별 도움이 되지 않는데, 다들 예의가 아닌 것 같아서, 선 넘는 것 같아서 말하지 못하고, 누군가는 해줬으면 하는 마음이란다.

3. 너네 엄마 나빠

친구 엄마는 정말 나쁘다. 내가 보증한다. 친구 엄마는 하 나부터 열까지 다 잘못했고, 게다가 심하게 잘못했다. 그게 엄 마냐? 하지만 그 모든 폭력을 받아내고 허허 웃으며 살고 있는 친구에게 너네 엄마 나쁘다는 말을 차마 할 수 없어서, 그동안 은 대략 에둘러 말했었다. 너가 힘들었겠네. 상처받았겠네.

오늘은 그런 생각이 들었다. 어쩌면 아무도 이 말을 하지 않았을지도 모른다는 것. 나는 과거처럼 또다시 나쁜 사람이 되기를 각오하고, 구린 옷 스타일을 조언하지 못하고 있는 모 두의 마음에서 얻은 깨달음을 담아, 친구에게 전화를 했다. 그리고 말했다.

"너네 엄마, 진짜 나빠!!!"

친구에게 구구절절 여러 가지 이야기를 했다. 그리고, 친구
는 자기 엄마가 나쁘다는 말을 해준 사람은 처음이라고 했다.
내가 '뻔한 말도 해야 한다고 생각한다'고 했더니 '처음 듣는
말인데?' 했다. 친구는 다만, 엄마 이야기를 하면 사람들이 모
두 자기를 칭찬해줬다고 했다. 잘 자랐다고 말이다.

나에게는 큰 용기가 필요했다. 너네 엄마 진짜 나빴어. 그
리고 넌 너네 엄마가 그렇게 키워서 그 부분은 되게 잘못 자랐
어. 내가 이만큼이나 너를 사랑해, 친구야.

두 번째
차

아무래도 차를 사야겠다는 생각이 들어서 슬슬 알아보던 중이었는데 오늘 엄마랑 만나서 저녁 먹으면서 얘기했더니 엄마 눈빛이 갑자기 바뀌었다.

"서울에선 주차가 문제야."

"나 다니는 덴 다 주차장 있는데, 뭘."

엄마 눈빛이 또 바뀌었다.

"마포구로 이사 가면 그때 사지?"

"이사 가면 어차피 사야 하고, 지금도 슬슬 필요해요."

엄마 눈빛이 한 단계 더 바뀌었다.

"서울에서 운전할 수 있겠어? 서울은 베를린이랑 달라."

"응. 그게 뭐. 나 운전 잘해."

엄마 눈빛이 완전 바뀌었다.

"엄마가 너가 이제 한국에서 차 산다 그러면 말해줘야겠다 하고 골라놓은 게 있는데, ○○이라고 검색해봐."

"우와, 이거 완전 예뻐!"

"예쁘지. 엄마가 딱 나리 너 취향이라고 생각했지. 그리고 엄마 생각에 너 장비 싣고 다니려면 그 정돈 있어야겠더라고. 그리고 지금 살 거면 이제 전기차 사고."

엄마 눈이 완전 반짝였다.

엄마는 차를 진짜 좋아한다. 차를 너무 좋아해서 자동차 사업을 하다가 몇 년 전엔 엄마 인생 최고 제대로 쫄딱 망하고 빚더미에 앉았는데, 독일에서 소식을 듣고 놀라서 전화한 내가 괜찮냐고 물었더니 그러는 거다.

"엄마 그래도 사업하면서 타고 싶은 차는 실컷 다 타봤어. 그랬으면 됐지. 그리고 엄만 아직 젊고 예쁘니까 얼마든지 재기할 수 있어."

그때 들은 말은 나에게 용기가 되었다. 엄마는 그 통화 후로 반년 넘게 연락이 되지 않았다. 나중에 이모 통해서 들으니 회사 살리려고 잠수 타고 빚을 갚고 있었다고 했다. 우리는 원래 아프거나 힘들 땐 서로 연락을 하지 않는 편인데, 그 후론 나는 힘들 때 그때 엄마 말을 꺼내어 생각한다. 그 무엇보다 큰 용기를 주기 때문이다. 그때 엄마 나이 이미 쉰이 넘었었다.

'실컷 타봤어. 그랬으면 됐지. 엄마 젊고 예쁜데. 얼마든지 다시 일어설 수 있다.'

내 첫차를 살 땐 엄마한테 말해야겠다는 생각도 하지 않았었다. 중고차 딜러인 친구에게 오래된 중고차를 하나 사서 베를린과 포츠담 사이를 끌고 다녔다. 그게 벌써 12년도 넘었다. 엄마는 내가 독일 남부 시골길에서 얼어붙은 도로를 지나다 완전 사고 내서 낭떠러지에 걸렸다 죽을 뻔하고 부서진, 살 때부터 똥차였던 내 차를 완전 똥값에 팔 즈음 나에게 차가 있다는 걸 알았다.

"혼자 차를 샀어? 엄마 딸이네."

'엄마 딸이네.' 그땐 그 말이 듣기 싫었다. 20대 중반엔 분명 분리되지 않은 사춘기의 자아가 남아 있었다. 그런데 오늘은 '심쿵'했다. 차 사준다는 말보다 더 좋았다. 자식이 탈 차를 혼자 상상한 마음이 고맙다. 하나하나 내 필요와 입장을 생각했던 거다. 심지어 그 말을 꺼낸 타이밍마저도.

엄마가 기분이 좋아 보이길래 말했다.

"사실 요새 가볍고 진지하게 만나는 사람들 있어요."

"어디서 그렇게 빨리 사람들을 만났어?"

"레즈비언 데이팅 어플."

"아이고, 잘했네. 그런 데서 만나는 게 나아. 근데 너 머리 예뻐서 인기 많겠다."

엄마는 바리깡으로 짧게 밀고 밝게 염색한 내 머리가 예쁘다고 한참 칭찬을 했다. 엄마가 갑자기 나랑 저녁 먹으러 서울 온다는 말에 약간 긴장해서 미용실 가서 어둡게 염색할까 잠시 고민했던 순간이 무색했다.

"매칭은 잘 되지. 나이 드니까 누굴 만나야 할지도 분명하고."

"너가 지금 딱 엄마가 하고 싶은 머리 하고 있어."

엄마는 또 내 머리 얘기를 한다. 내 머리에 꽂혔다. 내 머리 예쁘다는 말, 거의 아무도 안 했는데 엄마는 되게 좋아했다.

"엄마는 하면 안 돼. 나 이거 이혼의 고통보다 약간 덜 아팠어."

"엄마 사실 너가 한 머리, 했었어. 너 한국 오기 전에."

"나리 엄마네."

엄마는 어제 동백이 나오는 드라마를 본 것 같다. 엄마가 우리는 평생 3년 남짓을 함께 살아봤고, 앞으로도 같이 살 일이 없으니 잘 지내보자고 했다.

나를 꼭 안아주고 갔다.

내가 만나는 세상 I

불혹의
은퇴자

회사 정리하고, 독일에 다녀온 후 두 달을 놀았다. 원래 계획은 연말까지 놀고 새해부터는 일하는 거였는데, 놀다 보니 재밌어서 1, 2년 더 놀아봐야겠다는 생각이 들었다. 그리고 그렇게 마음을 먹으니 다른 생각이 들어왔다.

'불혹의 은퇴자가 되자.'

이 말을 들은 와이프는 웃으면서 '파이어족'이라는 개념을 알려줬다. 요즘 조기은퇴가 유행이라고 한다. 살펴보니 '경제적 자유'를 어느 정도 이루고 퇴사하는 붐이 있었다.

나는 모아놓은 약간의 돈 외엔 경제적 자유는 없지만, 지난 두 달을 은퇴자로 살았다. 은퇴자가 되고 보니 내 삶은 이미 은퇴자 그 자체인 것 같아 보였다. 서울 외곽에 붙은 경기도의 한적한 마을, 숲이 보이는 평온한 아파트에서 나이 열여덟 살인 고양이를 쓰다듬으며, 적당히 연식 있는 회색 세단을 몰고 있었다. 꾸준히 운동을 하고 있었고, 소소하게 배우러 다니는 다른 것이 있었다. 교류하는 사람들이 있었고, 가족에게 도움이 필요하면 달려가서 함께 시간을 보냈다. 그리고 가끔 평가, 심사 같은 일이 들어오면 소일거리 하듯 나가서, 나보다 스무 살은 많아 보이는 분들 사이에 앉아서 점수를 매겼다. 삶은 평온했고, 이렇게 계속될 것 같았다. 기약 없는 쉼이란 마치 나를 위해 설계된 것 같았다.

행복했다. 그리고 무척이나 갑작스럽게 이런 생각이 들었다. '이제 잘 쉬었어. 일을 하고 싶어.'
그래서 구직을 시작했다. 채용 사이트에 이력 넣었더니 AI가 추천해준 '잡(job)'이 전부 독일에 있다. AI의 의도는 알 길이 없다.

나는 아직 구직해서 취직해본 적이 없다. 누가 일하러 오라 그러면 쉽게 가고, 거기서 나와 놀고 있으면 누가 불러서 또 가고. 헤드헌터에게 연락이 와서 채용 프로세스 진행해본 적은 있지만 결국 내가 선택한 곳은 없었다. 그러다 창업했다. 창업할 때 나는 이렇게 말했었다.
"제가 나갈 회사가 필요해서 만들었어요."

내가 만나는 세상 I

그렇게 살았더니, '급히 해결해야 하는 문제'를 위해 급히
불러졌고, 그 일이 잘되고 신뢰가 생겨서 계속 일하다가, 그곳
의 일이 끝나면 나와서 놀았다. 돌아보니 다 재미있었다. 앞으
로도 뭘 하게 되건 재미있을 것 같다. 나는 지게차 면허를 따러
가기로 했다.

지게차 면허증을 땄다

아마 2022년 중 가장 추웠을 사흘간, 서로 다른 이야기를 가진 사람들과 하루 종일 한 공간에서 지냈다.

쿠팡에 지원하려는 10년 경력의 택시기사, 고향인 시골에서 몰던 지게차가 이제 면허 없으면 불법이라는 말에 나온 어르신, 막 실직하고 다음 직장을 찾고 있는 구직자, 회사에서 자격증 따오라고 해서 나온 사람, 그리고 여긴 왜 나왔냐는 물음에 웃으면서 넘기던 내가 있었다. 나는 곧 20년 경력인 강사님의 눈썰미로 '여유 있으신데 자기만족을 위해 나오시는 분'으로 분류되었다.

어르신은 아마도 손자뻘쯤 될 실기 강사에게 몇 번이나 혼났다. 이론 교육 때도 나이 많은 사람이라 또 설명드려야 한다

며 몇 번이나 큰 소리로 지적을 받았다. 그분은 멋쩍어하고 가
끔은 거의 투덜대다시피 화를 내기도 했지만, 또 나가서 열심
히 연습을 하셨다. 같은 말을 반복하고, 뭐건 하고 싶은 대로
하는 분이었지만, 우리 모두는 그런 어르신이건 혼을 내는 강
사님이건, 모두 좋은 사람들이라는 걸 알았다. 또 혼나고 혼자
연습하는 어르신을 다 같이 보는데, 순간 한 분이 그러셨다.

"그래도 계속 열심히 하시네요."

그 말을 들은 내가 말했다.

"성실하게 살아오신 분이잖아요."

모두가 고개를 끄덕인 순간이었다.

3톤 미만 지게차 면허를 취득한 사람들은 이제 각자의 자
리로 돌아간다. 다들 계획이 있었다. 월 300만 원 이상 버는 직
장에 취직해서 꼭 조지아에 가보고 싶다던 사람, 면허증 발급
되는 날 면접을 보러 갈 거라는 사람, 다른 자격증도 더 따서
현장에서 소장이 되고 싶다는 사람. 우리는 모두 달랐지만, 다
음 스텝을 앞두고 있었다.

그곳에서 만나서 함께한 분들 모두의 행복을 빌었다. 거기
있어줘서 정말 고마웠다.

중장비 자격증을 하나 딸 때마다 나에게 미니어처를 선물하기로 했다. 내가 지금 봐둔 것은 진짜 귀엽다. 실물이랑 똑같이 생겼고, 파레트 끼워진 거 정말 사랑스럽다. 이제 3톤 미만 지게차는 어떤 덕질의 시작이다.

사실 3톤 미만 지게차는 한때 농촌 지역에 무상으로 보급되기도 했고, 실내외 여기저기 쓰이는 곳이 많은 데다 조작이 어렵지 않아서, 그냥 현장에서 해보고 타는 경우가 많았다고 한다. 하지만 사고가 많고, 또 중대재해기업처벌법 등 안전에 대한 제도와 인식이 변하면서 관리가 필요하게 되었다고. 그래서 요즘은 이런 경력자들을 합법화하기 위해 면허 제도를 보완하고, 무면허에 대한 책임을 강화하고 있단다. 그래서 이미 수십 년 경력을 가진 분들도 면허를 따러 온다.

교육 과정에서는 사흘간 많은 것을 배웠는데, 결국 나에게 남은 건 '안전'이었다. 이 제도의 목표가 어디에 있는지 알 수 있었다. 이론에서부터 실기까지, 모든 순간 가장 중요한 것은 안전이었다. 운전면허 취득 과정에서도 이렇게 안전을 강조한다면, 한국의 도로를 주행하는 일이 훨씬 '안전'했을 거라는 생각이 들었다.

중학교 기술 시간에 배웠던 4행정 2행정 같은 엔진이 동력을 만들어내는 원리도 이론으로 다시 배우고, 디젤 기관들도

내가 만나는 세상 I

직접 보고, 실습에서는 간단한 수리 방법이나 관리 방법도 배웠다. 내 차 냉각수 보충뿐만 아니라, 이제 배터리 정도는 내가 직접 사서 교체할 수 있게 됐다.

관련 법, 안전수칙, 직군, 교육과정, 자격증, 일자리 현황에 이르기까지, 실로 많은 정보가 머리에 입력됐다. 지게차 포크를 파레트에 끼워서 나르는 일에도 이렇게 많은 이야기들이 있었다.

한국의 법은 27개의 건설중장비를 정의하고 있다. 3톤 미만 등 간소화되어 자격증이 아닌 면허제도를 운영하는 것들을 제외하면, 27개 중장비 모두를 조작할 수 있기 위해선 총 11개의 자격증이 필요하다고 한다. 하나로 여러 개를 다룰 수 있는 자격증이 있기 때문이란다. 나는 내년엔 3톤 미만 굴삭기 면허를 취득할 예정이었는데, 내 이야기를 듣던 현장에서 오신 한 분이 진지하게 말씀하셨다.

"지게차면 몰라도, 굴삭기는 딸 거면 3톤 이상 자격증으로 따세요. 3톤 미만으로는 할 수 있는 게 많이 없어요."

나는 단순히 1종 보통 운전면허만 있으면 자격 조건이 된다는 말에 지게차와 굴삭기를 고려했던 거였다. 하지만 이제 내년의 목표는 상향 조정됐다. 그리고 어느 순간, 나는 굴삭기 사진 아래 써 있는 영어 단어를 보게 되었다.

fork crane.

굴삭기는 포크레인이었다. 어릴 때, 나는 레미콘차를 사랑했고, 어른이 되면 꼭 포크레인을 몰아보고 싶었다. 우리는 분명 어린이들이 배우는 그림책에서 포크레인을 배웠다.

내가 어릴 때 아빠는 건축 현장소장이었다. 아빠는 나를 현장에 자주 데려갔다. 레미콘, 포크레인 같은 중장비가 내 눈에는 너무도 멋있었다. 어릴 때 엄마는 포장공장에서 기계 고치는 일을 했다. 그러다 하루는 집 앞에 10톤 트럭을 끌고 왔다. 거기서 내리는 엄마 모습에 반했다. 나는 꼭 대형 면허를 딸 거라고 다짐했었고, 엄마는 그런 나에게 눈을 찡긋하며 말했었다.

"대형 따려면 일단 1종 보통 따야 해."

생각해보니 그 덕에 지게차 면허를 따게 됐다.

부모님은 나를 낳았을 때 아주 젊었고, 현장에서 일하다가 사업을 시작했다. 내가 기억하는 대부분의 모습은 그래서 각자 자기 회사 사장인 부모님이었는데, 이번에 '현장' 사람들을 직접 보고 같이 교육을 받으니 아주 어릴 때 생각이 났다. 내가 받은 영향에 대해, 그리고 내가 어릴 때 장래희망이라고 적었던 것들에 대해.

내가 만나는 세상 I

내가 공대에 간다고 하자 아빠는 나에게 건축과를, 엄마는 기계과를 추천했다. 아빠는 건축과에 가면 자기 회사를 물려 주겠다고 했고, 엄마는 3학년이 되면 내가 탐내던 멋진 공구 세트를 사주겠다고 약속했다. 나는 공구 세트가 더 '땡겼고', 기계과에 갔다. 하지만 기계과에 내가 상상하던 멋진 기계는 없었다. 나는 결국 필름 기계를 만지겠다며 영화학교로 갔다. 스무 살의 나는 영화과에 가면 스탠리 큐브릭처럼 촬영 기기를 만들 수 있다고 생각했다.

지게차 면허를 딴다고 하자 엄마가 그랬다.

"내가 너를, 현장 일 안 시키려고 공부를 시켰는데, 자기가 이걸 하겠다고 나서니, 응?"

나는 엄마에게 말했다.

"엄마가 나한테 멋진 모습을 보여줬잖아. 난 평생의 로망이었다구. 엄마 그리고, 중장비가 몇 개인지 알아? 27개야!"

어린이는 로망을 이루었다. 간밤에는 27개의 중장비가 합체로봇이 되어 같이 하늘을 날고 인사하는 꿈을 꿨다.

인생
이모작

요즘 인생 이모작 직업을 탐색 중이다. 지금 하는 일을 50대가 되어서도 할 수 있을지 확신이 없다. 사실 많은 직업이 그렇지 않을까. 나는 가령 치킨집 사장은 소질이 없을 것 같아서, 계속 기술을 배우기로 했다.

전공인 영화편집도 원래 배우기 어렵고 나름 수익이 괜찮은 크리에이티브 기술 직종이었다. 하지만 내가 배운 기술은 이제 배우기 쉬워졌고, 창업하느라 나는 창작 기술직을 떠났고, 축적된 경험으로 대학 강의를 나간다고 해도 언제까지 할 수 있는지를 생각하게 된다. 만으로 마흔한 살이 되는 시점.

다시 창업을 할 수도 있다. 미디어 기술이 급변하면서 30대에 창직을 하고 창업해서 살아왔다. 바빠서 40대나 50대 이후의 삶에 대해선 상상하지 않았다. 그런 고민을 하고 있는 분들을 종종 봤지만, 크게 와닿지 않았다. 지금은 와닿은 것 이상으로 현실이 되었다. 앞으로 40년, 50년을 어떻게 살 것인가.

그동안 해온 것들로 일을 하자면 미디어 콘텐츠 업계에서 창업을 하는 게 경력을 이어갈 수 있어서 가장 유리할 수도 있지만, 어쩌면 내 생의 절반 정도의 지점일 수 있는 시점에서 진심으로 남은 생에 대해 생각하게 된다. 무엇을 하고 살아야 재밌나. 무엇을 할 수 있나. 언제까지 할 수 있나.

당장은 '디졸브' 기간이 있을 거다. 당분간 강의도 나가고, 이런저런 프로젝트를 맡아서 할 거다. 새아버지도 창립 멤버로 직장에서 오래 일했지만, 이모작은 농업인이 될 계획으로 차분히 준비하고, 준비가 되었을 때 퇴사를 했다. 50세 때였다. 지금처럼 먹고살 만큼 벌 수 있게 되기까지 오래 걸렸다.

내가 중장비나 전기기술, 인테리어, 노트북 수리에 끌리는데엔 이유가 있을 거다. 그런 기술들은 딱 내 집 고치고 친구들 도와줄 만큼의 개인 영역이었는데, 요새는 직업으로 고려하고 싶을 만큼 끌리고, 끌림에는 이유가 있다. 지게차 면허는 땄고, 원래 굴삭기 자격증에 관심이 있었는데, 전기기능사 자격증으로 마음을 바꿨다.

내가 관심 있어 하고 고려하는 모든 자격증이 우연히도 한국 5060 남성이 선호하는 자격증 1, 2, 3위권에 있다. 여성의 경우 한식/양식/중식 조리사라든가 미용, 조경 기능사가 상위권에 있다. 업계 시작부터 5060 한국 남성들 사이에서 살게 되는 게 그동안의 내 삶과는 전혀 다른 포인트.

어디 취직을 하고 싶다기보단, 작은 마을에서 살면서 뭐건 다 고쳐주는 가게를 갖고 싶다. 전기, 컴퓨터 다 고쳐주고, 철물점도 구석에 있고, 무거운 건 지게차로 옮겨주고, 트럭도 몰아주고, 누구 집에 무엇이든 고장 나면 불려가는 사람이고 싶다.

고등학생 때도 다른 반 컴퓨터가 안 되면 나는 수업 중에도 불려갔다. 독일에 살 때도 인터넷이 안 되거나 전구가 나가도, 이삿짐 트럭 몰아줄 사람이 필요해도 지인들은 나를 불렀다. 나한테는 그런 일들이 쉬웠다. 그러면서 배운 문제해결 능력이 전공인 미디어와 결합하여 컨설팅을 하고 살았던 거라고 여전히 믿는다. 진단 → 솔루션 → 실행.

전기기능사 자격증을 따면 자랑할 거다. 지게차 면허 땄을 때보다 세 배 정도 큰 소리를 내면서. 내 인생 이모작, 파이팅.

내가 만나는 세상 I

소년은
울지 않는다

힐러리 스웽크가 주연이었던 영화 〈소년은 울지 않는다〉를 기억하는 사람들이 혹시 있을까?

영화는 내가 고등학생 때 나왔고, '청불'이지만 나는 당시 특출난 노안으로 설마 내가 청소년이라고 아무도 생각 못 했다. 그리고 나도 어차피 연령 제한 신경 안 쓰고 혼자 극장 가서 영화를 봤다. 학교 마치고 교복 치마에 후드집업 하나 걸치고 갔는데도 통과됐다.

힐러리 스웽크가 분한 '티나 브랜든'은 사고치고 옆마을로 도망쳐서 여자와 사랑에 빠지고 그 마을 남자들 사이에서도 인정을 받게 된 트랜스젠더 남성이었다. 덩치도 작고 주먹도 작았지만, 남자들 사이에선 "나 힘세!" 하며 센 척했고, 여자친구에게는 너무도 스윗했다.

그러다 '여성의 몸'이라는 사실을 들키고, 남자들에게 강간 당한다. 그리고 결국 살해당한다. 나는 강간 장면부터 시작해서 영화가 끝날 때까지 정말 꺼이꺼이 울었다. '여성의 몸'이 함부로 대해지는 모습에 울었고, '남자도 여자도 아닌' 사람의 고통이 가슴을 도려내는 것처럼 아프게 느껴졌다.

이 영화는 실화를 바탕으로 만들어졌다. 성전환 수술을 기다리고 있던, 스물한 살의 사람이었다. 내가 아마 그때 막 고등학교 2학년 혹은 3학년이 된 시점이었으니까, 나와 인물의 나이도 비슷했다. 그 영화의 장면들은 나의 구석구석에 각인됐고, 아직도 그때 느낀 강한 고통과 모멸감이 생생하다. 여자의 몸인 게 뭐 어때서?

25년 가까이 지난 지금, 나는 그 영화가 내 인생에 끼친 영향에 대해 생각하게 됐다. 그때 내가 느낀 수치심과 분노가 너무도 커서, 나는 당장은 두려워졌었다. 무엇에 대한 두려움이었을까? 그 두려움은 정의되지 않은 채, 아무 형체 없이 나를 고통스럽게 하기도 했다. 트라우마였다.

하지만 시간이 흐르고, 강하게 각인되며 누군가의 삶을 직접 경험한 것처럼 느꼈던 경험은 내가 다른 사람들을 이해, 아니 공감하도록 했다. 남성 중심 사회에서 결코 '진짜 남자'가 될 수 없는데도 남자로 살아가(려)는 사람들이 있다는 것, 그리고 그들이 나 같은 몸을 갖고 있어서 차별당한다는 것.

아주 어릴 때 나는 내가 단순히 남자인 줄 알았다. 소꿉장난을 하면 나는 아빠였다. 그래서 나는 크면 아빠가 되는 줄 알았다. 그러다 내가 여자라는 사실을 처음 알게 된 날, 나는 너무 놀라서 울었다. 더 자라자, 가슴이 커졌다. 생리를 했다. 나는 아무리 봐도 여자처럼 생긴 청소년으로 자랐다.

나는 하필이면, '남자들이 좋아하는' 몸매를 갖게 됐다. 21세기 초, 내 몸매에 대한 '찬사'가 쏟아지는 순간들을 나는 그냥 견뎌야 했다. 분위기 나빠질까 봐. 칭찬이니까. 나는 답이 나오지 않는 질문을 던졌다. '여성의 몸은 왜 누군가의 잣대에 의해 평가되고 품평되는 거지?' 괴로웠다.

나는 내가 다른 어떤 무엇이라고 정하지 않았다. 나는 여성의 몸을 가진 사람인 것까지만 정의했다. 요새는 가끔 "나 가슴만 자를까?" 하면 와이프가 "언니, 안 돼. 아파. 마음에 안 들어도 언니 몸이니까, 데리고 살아."라고 한다. 나는 여성의 몸을 가졌고, 남자가 아니다.

그래서 나는 여성으로 살기로 결심했다. 내 경우엔 여성인 것이 여러모로 훨씬 좋았다. 내가 남자들의 사회에서 성장하고 살아왔다고 상상해보면, "휴, 여자로 자라서 다행이야."라고 말하게 될 때가 있다. 나는 '레즈비언 프라이드'뿐만 아니라 일종의 '여성 프라이드'가 있는 사람이 되었다.

그런데 25년 가까이 지나 영화를 본 충격이 나에게 미친 영향이 무엇인지를 알게 됐다. 그냥 알게 됐다. 나는 그렇게 될까 봐 두려워서 남자가 되지 않았더라. 기를 쓰고 남자가 안 되려고 했더라. 꼭 여자가 되고 싶었다. 나는 그래서 이제 나를 이렇게 정의하고 싶다.

'기를 쓰고 여자가 된 사람.'

말을 참
예쁘게 해

대학 때 동아리 선배와 오랜만에 만났다. 선배는 나더러
"나리는 말을 참 예쁘게 해."라고 했다. 선배가 다음번엔 다른
선배를 불렀는데, "네가 왜 나리랑 있으면 좋다고 하는지 알겠
다. 말을 예쁘게 하네."라고 했다. 나는 선배들이 말한 '말을 예
쁘게 한다'에 담긴 의미를 알고 있다.

내가 지금 가진 '예쁜 말투'의 큰 부분은 한 친구에게 배웠
다. 친구는 내가 소소하게 투덜대거나 힘들어하면 어떤 면이
긍정적인지 알려주거나, 혹은 "재밌겠네~ 해봐~"라고 한다.
그리고 문제 상황이라고 생각하면 내 편을 들어준다. 친구는
감정노동을 하지 않는 방식으로 말을 참 예쁘게 하더라. 그래
서 나도 배웠다.

감정노동은 적게, 말은 예쁘게, 마음은 따스하게, 태도는 적당히 존중받을 수 있는 만큼. 딱 이 스탠스를 갖고, 조금 편하면 원래 내가 갖고 있는 어설픔을 약간 풀어놓으면서 스치는 사람들과 필요한 대화를 한다. 관공서에 가면 민원인들에게 지친 공무원이 나를 보고 편안해지는 게 느껴지고, 서비스 직종의 사람들은 내 태도에 다소 놀라면서 마음 내려놓고 웃기도 한다. 배웠기에 할 수 있는 경험이었다.

과거의 나는 감정을 꾹꾹 참다가 한 번씩 크게 터지곤 했다. 몸이 아픈 걸로 터지건, 크게 화내는 걸로 터지건, 감정은 참으면 어차피 뭘로든 터지더라. 늘 내가 단지 나쁜 성격을 가진 거라 생각했는데, 30대의 어느 날, 누군가에게 "나리 씨, 너무 참고 살아왔으니까요."라는 말을 듣고 그날 깨달았다. 그리고 내 태도에도 서서히 변화가 생겼다.

참았던 이유들을 되짚어보니 여러 경우가 있었다. 거절하는 것이 어려워서 참고, 공감해야 할 것 같아서 참고, 책임을 져야 해서 참고, 화를 내면 안 될 것 같아서 참고, 잘해주고 싶은 마음에 참았더라. 그리고 버릇처럼 감정을 참아내는 건 매번 좋지 않았다. 그러느라 너그러울 겨를이 없었다.

내가 만나는 세상 I

삶은 어쩌면 태도 그 자체인지도 모르겠다. 어떤 태도가 몸에 익숙해지면, 아무 말을 하지 않아도 풍기는 태도가 된다. 나는 그걸 주로 '에너지'라고 불러왔고, 말을 예쁘게 하는 내 친구는 '기운'이라고 한다. 내가 원하는 태도를 서서히 갖는 것이 사는 재미인 것 같다.

너그러운 할머니가 되고 싶다. 다들 살면서 무언가가 되고들 싶어 하지 않나. 나는 언제나 너그러운 할머니가 되고 싶었고, 지금도 변함없다. 아직 내가 되고 싶은 그 모습이 되지는 않았지만, 할머니가 되어서는 언젠가 이렇게 쓰는 날이 오기를 기대한다.

"되고 싶던, 너그러운 할머니가 되었다."

못하지만
잘하고 싶다

나는 힘들 때 이겨내려고 하지 않는 편이다. 힘들어서 지치면 쉬고, 하지 않을 수 있는 건 안 하고, 슬프면 충분히 슬퍼할 수 있게 어깨에 든 힘을 풀고 운다. 그러지 못하고 꾹꾹 참고 또 참았다가 곪아봤기 때문이다.

그런데 나도 이겨내고 싶은 게 있다. 이겨내고 싶어서 여러 번 다시 용기 내서 도전했지만, 아직 이겨내지 못했다. 버려도 될 것 같은데, 내 인생의 반을 그것과 함께했더니 그냥 내가 되었다. 나는 이겨내고 싶은 나와 계속 싸우고 패배하고 있는지도 모른다.

싸운 지가 이미 10년쯤 됐다. 나는 내 패배가 내 탓이 아니라고 생각했다. 하지만 패배해도, 나는 이미 꽤 인정받고 있었

내가 만나는 세상 I

고 평판이 좋아서 또 나를 찾는 사람들이 있었다. 나는 새로운 것을 시도하기 좋아하는 사람이기도 하지만, 오직 그것만은 잘한다고 알려져 있다. 나는 잘해야 해서 하지 않았다.

내가 많이 좋아하고 또 일도 잘하는 분이 그랬다.

"저요? 못하죠. 못한다 소리 맨날 듣고 욕먹죠. 욕먹으면 힘들죠. 그래도 하는 거예요. 나는 잘하고 싶으니까."

그 말은 방금 못한다고 욕먹고 억울했던 나에게 하나도 위로가 되지 않았었다. 그런데 지금에 와서 위로가 된다. 나는 못하지만 잘하고 싶다.

그 청년

잠이 오지 않아서 집 구석구석을 닦았다. 쓰레기통도 뒤집어서 다 닦고 주방에 찌든 때를 박박 문질렀다.

한국에 온 후 여름밤이면 가끔 이런다. 너무 덥고 습하면, 집에 아무리 에어컨에 제습기까지 총동원해서 틀어도 그 후덥지근한 에너지가 몸에 남아서 잠이 잘 오지 않고, 그럴 땐 차라리 몸을 움직인다.

엄마도 그렇단다. 얼마 전 내 생일에 그랬다.

"너 낳은 때만 되면 몸이 덥고 힘들어."

나도 그렇다고 했더니 엄마도 놀란다. 우리 몸엔 탄생의 기억이 남아 있는 걸까? 1982년 7월의 경상남도 바닷가는 너무 더워서, 엄마는 나를 낳자마자 고려병원 화장실로 달려가서 찬물로 샤워를 했다고 한다. 팔삭둥이 난산이었다.

그 대화를 생각하면서 담배를 사러 나갔다. 오늘 처음 본 편의점 야간 알바는 친절했고, 나는 우렁차게 인사를 하며 거리로 다시 나왔다. 중고등학교 다닐 때 버릇처럼 아직도 담배를 사면 담뱃잎이 빈틈없이 모이라고 탁탁 친다. 새벽 거리에 작은 공명이 울린다. 그리고 바로 앞에, 가로등 아래, 마치 영화 세트장에 연극 같은 조명을 비춘 듯한 그 자리에 오토바이 한 대가 서 있다. 그리고 곧 깨어나서 노래를 부를 것처럼, 한 청년이 오토바이 손잡이를 부여잡고 반쯤 기절해 있다.

"저기요."

대답이 없다. 가서 흔들어볼까 싶었는데, 순간 내 몸을 움찔했다. 자신이 없었다. 위험할지도 모르고, 나에게 화를 낼지도 모른다는 생각이 스쳤다. 친절한 알바는 몸집이 큰 남자였다. 나는 편의점으로 도로 뛰어갔다.

"저기 밖에 좀 도와주세요."

친절한 야간 알바는 아무 싫은 내색 없이, 어떤 의문도 없이 바로 나를 따라 나왔다.

친절한 알바가 말을 걸자 청년이 조금씩 움직인다. 머리가 아픈 것 같다. 손도 아픈 것 같다. 자꾸 괜찮다고 한다. 움직임과 표정을 보니 촉이 온다. 이 사람, 너무너무 힘든 일이 있었구나. 친절한 알바가 묻는다.

"술 드셨어요?"

친절한 알바는 아마 술 먹어서 그런 것 같다며 도로 들어간다. 그렇게 사거리에서 나와 알바는 기억 자를 그리면서 다시 멀어졌다. 나는 담뱃불을 붙이고 적당히 거리를 둔 채로 청년을 계속 바라봤다. 나는 청년이 힘들어하는 마음을 느끼고 있었다. 알바도 그랬나 보다. 알바가 다시 다가간다. 청년이 또 괜찮다고 한다. 알바가 도로 돌아간다. 알바가 다시 나온다. 청년더러 위험하니까 오토바이 옆에 세워두라고 한다. 택시 불러줄까 묻는다. 청년이 괜찮다고 한다. 알바는 다시 간다. 알바가 또 나온다. 이번엔 청년이 약간 짜증을 낸다. 알바는 겁을 내지 않고 더 다가간다. 그리고 다시 돌아간다. 청년이 내가 서 있는 쪽 방향으로 오려고 하길래 나는 등을 슬쩍 돌렸다. 청년이 지나가는 소리가 났다. 알바가 청년이 있던 자리로 다시 나와서, 청년이 가는 뒷모습을 바라본다. 알바와 나는 눈이 마주쳤다.

"도와줘서 고마워요."

알바에게 고마웠다. 또 새벽에 잠 안 오는 날 마주치면 비타500이라도 사줘야지. 그리고 그 청년, 잘 살아남아서 중년이 되고, 중년이 되면 멋진 할아버지가 되는 게 꿈인 사람이 되었으면 좋겠다.

어떤
한 사람

　오늘, 이미 오랫동안 빈곤 상태에 있다가 결국 코로나 영향으로 일용직마저 잃어서 고시원에서 쫓겨난 52세 여성을 집 앞에서 봤다. 몇 시간을 그렇게 서 있길래 말을 걸었다. 몇 번을 왔다 갔다 하며 이야기를 나눴다.

　고시원 주인 부부가 쓰레기봉지에 급히 짐을 싸서 길에 내놓았다고 했다. 기초수급자 신청을 하다가 심적으로 힘들어 관두신 것 같았다. 코로나 관련 지원금도 여태 한 푼 받지 못했단다. 그는 빈곤과 무기력이 혼재된 상태였다. 사람이 힘들면 그렇게 된다. 하지만 아주 조금 따스한 시스템만 있다면 저렇게 조근조근 말 잘하는 사람들은 다시 힘을 낸다. 그래서 돕고 싶었다.

　돈을 조금 쥐어드리며 식사하고 오시라고, 짐 지키고 있겠다고 했는데 결국 식사는 안 하러 가셨다.

집에 올라와서 다산콜센터부터 시작해서 여덟 군데 기관에 전화를 돌렸다. 결국 서울시 종합지원센터에 연락이 닿았다. 당사자가 여성이라고 하자 난색을 표했다. 여성 전용 센터에서는 코로나를 이유로 다른 센터 통해서 열을 잰 다음, 보내달라고 했다.

내가 한 달간 지낼 수 있는 곳이 있다고 말씀드리자 관심을 보이고 웃으셨다. 모시러 올 사람 부르겠다고 하니 그러라 하셨다. 집에 올라와서 다시 센터에 전화를 넣었다. 그리고 센터에서 나오기까지 같이 기다리려고 내려갔다. 하지만 그새 그분은 좀 지쳐 보였고, 나랑 말을 하고 싶지 않은 것 같아서 거리를 두고 있었다.

서울시 종합지원센터에서 결국 남자 두 명이 나왔다. 그분은 놀랐는지 내가 언제 간다고 했냐 하셨다. 조금 더 대화하면 같이 갈 수도 있을 텐데, 나오신 분들은 본인이 의지가 없다며, 도와준 사람 탓을 한다며 우리를 두고 그냥 가셨다.

별수 없이 다시 올라왔다. 이제 나와도 이야기하고 싶지 않아 한다.

도로 내려가서 명함을 드리고 왔다.

　소화가 안 돼서 약 사러 가는 길에도 아직 그러고 계시길래 들어오는 길에 말을 걸었다. 겉에서 보기엔 싸고 열악한 시설 같아 보이길래, 들어보고 고시원 월세라도 보태드릴 생각이었다. 그리고 혹시 긴급주거지원 도움을 받으실 수 있는 상황인지 이야기를 좀 해봐야겠다 싶었다. 기초수급은 받으시는 건지. 아니, 뭐건 복지혜택은 받고 계신 건지.
　"갈 데 없으세요?"
　"저 여기 사장님이랑 얘기를 더 해봐야 돼요."
　"여기 한 달에 얼마예요?"
　"43만 원이래요. 옛날 사장님은 36만 원에도 해줬는데."
　"어우, 비싸네. 여기서 살다가 나오신 거죠?"
　"네, 잠깐 나와 있어요. 사장님이 일단 나가라 그래서."
　"아까부터 나와 계시길래 걱정돼서 여쭤봤어요."
　"고마워요."

　하지만 밖에서 지내며 쌓인 피로가 그분 마음의 문을 더 굳게 닫고 있었고, 이제 더 이상은 자신을 돕지 말라고 하셨다. 나는 우선 담요와 물티슈, 먹을 것을 더 챙겨서 들고 내려갔다.

집

많은 집이 그랬듯 IMF 때 우리 집도 망했다. 우리는 아빠 소유 빌딩 꼭대기의 '펜트하우스' 같은 데서 살았다. 아주 천천히, 하지만 매 단계는 드라마처럼 망했다. 그러다 내 방 가구에도 빨간딱지가 붙었다. 어느 날은 화장실이 밖에 있고 샤워 시설도 없는 집으로 이사를 갔다. 나는 열네 살이었다.

빈곤은 가정을 병들게 했다. 아빠는 새엄마와 동생을 자주 때렸다. 나는 아빠에게 상처받은 '어린' 새엄마에게 쫓겨났다. 새엄마 나이가 서른이 채 안 됐던가. 새엄마에게 가혹한 폭력을 휘두르던 아빠는 새엄마에게 미안해서 나 내보내는 걸 막지 못했다.

오랫동안 보지 못한 엄마가 나를 데려갔다. 엄마도 IMF로 망했고, 이미 '시집'가서 그 집 애들 두 명을 키우고 있었다. 엄마는 내가 길에 나앉는 걸 막으려고 왔지만, 혼자 살게 할 수밖에 없었다. 내가 도착한 곳은 신림동의 반지하방. 거기도 전용 화장실은 없었다. 그러다 목동 근방의 반지하로 옮겼다. 그 집엔 쥐가 많았다. 엄마가 많이 아팠다. 아픈 엄마에게 말과 태도로 상처를 줬다가 혼자 살던 반지하에서도 쫓겨났다. 나는 열다섯 살이었고, 엄마는 지금 내 나이보다도 조금 어렸다.

큰엄마가 나를 받아줬다. 버거워지자 다시 엄마에게 연락을 했다. 엄마는 다시 나를 받아줬다. 그리고 학교에서 두 정거장 떨어진 까치산역 바로 앞 고시원을 얻어줬다. 월 13만 원. 다른 방보다 2만 원이 비쌌다. 엄마는 내게 어떻게건 조금 더 안전한 방을 얻어주려고 했다. 고시원 사람들은 엄마가 잘살아서 좋겠다고 했고, 나는 기분이 좋았다. 고시원 남자들은 열여섯 살 여자애를 쉽게 봤다. 나는 엄마에게 살려달라고 전화를 했다.

학교에서 버스로 두 시간 떨어진 강화도 부근 공터에 엄마가 일하는 간이공장과 바닥에 열선이 깔린 컨테이너가 있었다. 엄마는 오갈 데 없어진 자기 부모님을 컨테이너에 모시고 있었고, 자신은 공장 사무실 바닥에 이불을 깔고 남편과 함께 지냈다. 나는 할머니 할아버지와 컨테이너에서 지냈다. 공장에 내가 있다는 걸 들키면 안 돼서 몰래 다녔다. 그래도 집이 있고, 돌봐주는 조부모님이 있어서 좋았다.

그러다 엄마 사정이 약간 나아졌다. 김포 버스 종점에서 한참 걸어 들어가면 나오는 마을에 슬레이트 지붕집을 얻어줬다. 할머니, 할아버지가 맨날 맛있는 걸 해줬다. 행복했다.

내가 고등학교 3학년이 가까운 게 마음이 쓰인 엄마는 학교 근처에 자취방을 얻어줬다. 전용 화장실은 없었지만, 반지하가 아니었다. 집주인 어르신은 동장이었고, 부모가 있어 수급자격이 되지 않는 내가 소녀가장 지원을 받을 수 있게 해줬다. 학교에선 등록금과 교복, 그리고 급식을 지원했다. 동네 고등학교 1학년 애를 가르치면서 필요한 만큼의 생활비도 벌었다. 나는 더 이상 빈곤을 느끼지 않게 됐다.

대학생이 됐다. 엄마가 대학 앞에 있는 엄청 좋은 고시원을 얻어줬다. 그리고 몇 달 후엔 옥탑방을 얻어줬다.

나는 중고생 과외비를 모아서 독일로 갔다. 좋은 플랫 쉐어

내가 만나는 세상 I

를 얻었다. 수도꼭지를 돌렸더니 바로 따뜻한 물이 나와서 조금 놀랐다. 기분이 좋았다. 유학 초기엔 생각보다 돈이 많이 들어서 어쩌다 노숙하는 일도 있었는데, 그때도 길에서 도와주는 사람을 만나서 다시 집을 얻었다.

그 후엔 엄마가 빚을 갚아나가고, 사업을 키우고, 사업이 커지고, 그래서 유학 기간 대부분을 풍족하게 보냈다. 내가 사는 집은 갈수록 좋아졌다. 휴양지에서 빌린 숙소보다 우리 집이 더 좋았다. 나는 편안함에 익숙해져, 환경을 위해 때론 편안함을 거부할 수 있는 사람이 되어갔다.

어릴 때, 그리고 성인이 되어 십수 년간 풍족하게 지낼 수 있었던 시간은 나를 '중산층 나이브'로 만들었다. 그리고 내 삶이 지나온 10년의 빈곤을 뒤늦게 인지했다. '주택'으로 정의되지 않는 곳에서의 삶이 빈곤이라는 것을, 편한 집에 살게 되고 한참이 지나서야 알았다. 그리고 지난 며칠, 고립되어 길에 나앉은 한 사람을 보면서, 나를 포기하지 않은 사람들과 연결되어 있기에 내가 이렇게 잘 살아가고 있다는 걸 생각했다.

나는 한 번도 살던 고시원 앞길에 쌓인 봉지 몇 개에 담긴 살림을 집이라 여긴 적 없는 사람이다. 그래서 그 사람이 어떤 마음인지 알지 못한다. 그저 내가 가진 경험 중 가장 힘들었던 순간에 느꼈던 감정과 상태를 미루어, 그 사람이 '집'을 떠나지 못하는 이유를 그냥 짐작할 뿐이다. 집이니까 못 떠나겠거니.

나는 소셜미디어에 부탁을 적었다.

[부탁]

혹시 종로/서대문 근처 계시는 분 계시면 'S리빙텔' 앞을 지나는 척하며 거기서 계시는 50대 여성에게 말이라도 걸어주세요. 제가 내일부터 여행이라 살펴보기가 어려울 것 같아요. 저를 대신해서 도와주실 분이 계시다면 정말 감사하겠습니다. 제가 맛있는 식사 대접할게요.

그분께 바로 먹을 걸 사다 주셔도 좋아요. 관계 맺는 게 시작되면 부담스러워하시지만, 지나치는 사람의 온정은 고마워하십니다. 자세한 건 연락 주시면 설명드릴게요. 그분은 고시원에서 쫓겨난 상태입니다. 그분의 짐이 바닥에 쌓여 있어요. 사흘째 밖에 서 계십니다.

일단 사람과 한두 마디 나누고, 좀 드시고, 마시고 하는 게 필요한 상황이에요. 담요를 갖다드렸는데 안 쓰실 것 같아요. 가벼운 먹거리나 소액의 돈 같은 건 전혀 모르는 사람이 주면 그래도 고마워하며 받으세요. 하지만 조금이라도 적극적으로 도우려 하는 사람은 피하십니다. 자기 짐과, 자기 '집'이었던 고시원 앞을 못 떠나고 계신 거예요. 유일한 애착인 것 같아요.

아주 마르고 체구가 작은 편이세요. 전혀 위험하지 않은 분이고, 말씀도 잘하십니다. 어제 낮부터 계속 길에 서 계세요. 원래 바깥 생활을 하시던 분이 아

내가 만나는 세상 I

니라서 동네 사람 같은 모습이지만, 고립된 분이라 이대로 하루이틀이 지나면 상황이 나빠질 것 같습니다. 더 안전한 곳으로 모셔가는 데엔 지인과 제가 이틀 동안 조심스럽게 설득해봤는데도 실패했어요. 혹시 저를 아냐고 물어보시면 모른다고 해주세요. 부담 느끼고 미안해하실 거예요.

이분께 지금 당장 필요한 건 약간의 따스함입니다.

* 혹여라도 그분이 위험에 노출될 수 있기에 친구공개로 올립니다. 다른 곳에 올리지는 말아주세요.

그분을 처음 보고 이제 서른 시간가량 지났다.

나는 지난 서른 시간 동안 퇴근을 하고, 여자친구와 시간을 보내고, 잘 자고, 집 청소를 하고, 출근을 하고, 일을 열심히 하고, 퇴근을 하고, 화상 미팅을 하고, 파티를 구상하고, 내일부터 보낼 휴가에 대해 생각했다.

지난 서른 시간 동안 한 사람은 그 자리에 계속 서 있다. 너무 힘드신지 이제는 박스 위에 앉았다.

가장 힘든 사람들의 현장엔 꼭 나타날 것 같은 고마운 지인이 퇴근길에 여기까지 와주겠다고 해서 기다리고 있다.

오늘은 꼭 임시 숙소에서 주무세요. 제발.

독일이 코로나19 초기대책으로 내놨던 방안 중에 세입자 퇴거 조치 금지 조항이 있다. 코로나19 기간 동안에 세입자가 집세를 내지 못한다 해도 주인은 그 세입자를 쫓아낼 수 없다.

어제 그분, 밖에서 밤을 새우고 그 자리에 아직도 서 계신다고 한다. 지금 가보고 있다.

한국에도 코로나19 영향으로 월세를 못 내는 사람들을 위한 대책이 있을까? 근데 고시원은 집일까? 고시원 입주자는 세입자 지위의 보장을 받을 수 있을까?

빈곤의 정도는 다양하고, 길에 나앉는 삶이 시작되는 어떤 경계가 있다. 그 경계만은 부디 '개인의 의지'에 맡기지 않았으면 좋겠다.

불이
났다

토요일에서 일요일로 넘어가던 새벽, 맞은편 건물 화재경보기 울리는 소리가 났다. 나가보니 까만 연기가 피어오르고 있었다. 119에 신고를 했다. 불꽃이 튀냐는 질문을 먼저 받았다. 그 질문을 받은 순간부터 불꽃이 날아오르기 시작했다. 몇 층에서 불이 나는 건지 파악이 되지 않았다. 영상을 촬영하고 있는데 뻥 하고 터지는 소리가 나서 집으로 일단 대피했다.

다시 나가서 보니 안에서 2층 창문을 깨는 모습이 보였다. 고양이 한 마리가 구출되어 나왔다. 급히 고양이 안정제와 습식캔 하나를 들고 내려갔다. 고양이 주인 몸에는 그을음이 묻어 있었고, 고양이는 그을음과 물로 뒤범벅이 되어 있었다. 고양이에게 안정제를 밥에 섞어 먹인 후 다시 올라가서 마실 물과 몸 닦을 수건을 가지고 내려왔다. 아직 두 마리는 내부에 있다고 했다.

고시원에서 쫓겨나 며칠간 노숙한 아주머니는 금요일 저녁부터 보이지 않았다. 내가 드린 담요와 물티슈만 우리 집 건물 앞에 놓여 있었다. 일이 잘 풀려 고시원으로 돌아가신 건가 했는데, 고시원 대피자 중 아주머니가 보이지 않았다. 고시원에서 대피한 사람들이 연기를 마시며 주변에 서 있길래 일단 집에 올라가서 마스크를 갖고 내려갔다. 한 명 한 명에게 마스크를 나눠주면서 아주머니를 찾았다. 없었다.

소방관이 와서 고시원 주인을 찾았다. 모두 소재 확인이 됐는데 한 방 사람을 못 찾았다고 했다. 곧 고시원 주인이 나타나서, 그 방은 며칠 전부터 비었다고 확인해줬다. 가슴을 쓸어내렸다. 다른 데 잘 가신 거구나.

고양이 두 마리가 소방관 품에 안겨서 내려왔다. 그런데 한 마리가 정신을 차리지 못하고 있었다. 당장 병원으로 이동해야 할 것 같길래, 수건과 이동장을 갖고 다시 내려갔다. 고양이들은 사고 현장을 떠났다.

그러고도 한참 동안 사람들이 바깥에 나와 있었다. 고시원

에서 대피한 사람들은 급히 나오느라 잠옷 차림에 슬리퍼를
신고 있었다. 구경하러 나온 이웃들 말에 의하면 고시원 건물
옆에 있는 작은 가건물에서 불이 나서 옮겨붙은 거라고 했다.
그래서 우리 집 쪽에선 화염이 보이지 않았던 거다.

구경꾼 중 한 젊은 남자는 시종일관 '쪼개면서' 말했다.
"불구경이 제일 재밌네."
그 자식, 평생 심한 무좀으로 고통받았으면 좋겠다.

구경꾼 중 한 노년의 남자는 마스크를 나눠주는 나에게 다
가와서 실실 '쪼개면서' 물었다.
"이거 요즘에 쓰는 여름용 새로 나온 거예요?"
나는 답했다.
"KF94예요. 엄청 더운 거예요."
그래도 하나 달라길래 드렸다. 노인이 마스크도 없이 사람
들 많은 데 있는 건 좋은 일은 아니니까, "지금 쓰고 계세요."
했다. 그 할아버지, 엉덩이에 약간 땀띠 나서 조금 고생했음
좋겠다.

화재 여파로 일대 인터넷과 TV가 끊겼다. 아직 화재 원인
조사가 끝나지 않아서 수리를 할 수 없다는 연락을 받았다. 우

리 건물 사람들이 받은 화재의 영향은 거기까지인 것 같았다.
자고 일어났더니 인터넷이 안 돼서 많이들 불편한 것 같다.

나는 약간 화가 난 것 같다. 그리고 많이 놀란 것 같다.

테라스에 앉았는데, 밤바람 결에 탄내가 스친다.

백반집
사장님

자주 가던 6천 원 백반집 사장님께 마지막 인사를 하러 갔다. 선결제를 해뒀었는데, 얼마 남았냐고 여쭤봤더니 7만 원이나 남았단다. 돈으로 돌려주신다는 걸 그러지 마시라고 했다. 메뉴판을 보니 그 집에서 제일 비싼 메뉴가 닭볶음탕(대) 35,000원. 두 개 해달라고 했다. 나는 그 집 메뉴판에는 없는 특대 닭볶음탕 두 개를 양손에 들었다.

소분해서 냉동실에 쟁여놓았다. 짧은 시간이었지만, 사장님에게서 받은 사랑이 컸다. 힘들어 보이면 걱정해주시고, 맛있게 먹으면 좋아해주셨다. 내 작은 '예쁜 말'에도 양 볼이 빨개지며 좋아하던 분이었다. 마지막 인사를 할 수 있어서 좋았다. 내가 좋아하는 계란찜에 반찬을 더 챙겨주셨다.

"그런데, 정말 왜 가는 거야? 무슨 일 있는 거 아니지?"

나는 허허허 웃으며 진짜 '짤렸다고' 했다. 그리고 사장님에게 건강하게 지내셔야 한다고, 따님도 잘될 거라고, 사장님은 정말 좋은 분이라고 말하고 나왔다.

나는 자라는 동안 대부분의 시간을 부모님과 함께 살지 않았다. 나를 키워준 건 팔 할이 할머니들과 할아버지들, 큰엄마, 큰이모 같은 사람들이었고, 나머지 이 할은 마치 백반집 사장님이 그랬듯 밥 잘 먹는 사람 예뻐해주는 분들에게서 받은 사랑으로 컸다. 그래서 백반집 사장님들과 금방 친해진다.

12년 동안 열두 군데의 학교를 다녔다. 등교했다가 그날 갑자기 전학 가게 되는 일이 많았다. 갑자기 다른 사람 손에 커야 하거나, 갑자기 쫓겨나거나, 갑자기 어른들이 결정하거나 했다. 그래서 갑자기 내 집과 학교와 친구들을 모두 잃고, 또 갑자기 새로운 환경에 적응하곤 했다.

열네 살부터는 서울의 반지하 집에서 혼자 살았다. 어느 날은 다른 반지하로 옮겨졌다. 그러다 어느 하루에 갑자기 남쪽 바다를 접한 도시로 옮겨졌다. 어른들이 통화를 한 어느 날은 서울의 고시원으로 옮겨졌다. 그리고 어느 날은 경기도 외곽

내가 만나는 세상 I

의 어느 공터에 놓인 컨테이너로 옮겨졌다.

혼자 사는 빈곤한 여자아이를 세상이 어떻게 대하는지를 배웠다. 동네 아저씨들은 나랑 잤다는 거짓말을 서로에게 자랑했는데, 결국 그게 내 귀에도 들어왔다. 그땐 몰랐는데, 나중에 돌아보니 나는 살아남을 방법이 공부밖에 없었다. 그 지긋지긋한 삶에서 벗어나려면, 공부라도 잘해야 한다 믿었다.

내 삶을 납작하게 볼 수밖에 없던 내 친구들은 내가 몰래 공부를 많이 할 거라고 생각하거나, 아니면 좋은 집에서 좋은 교육을 받고 있을 거라고 생각하기도 했다. 매년 마네킹에 걸린 교복 샘플은 내 것이었다. 교사용 문제집을 받았고, 장학금을 받고, 소녀가장 지원금을 받고, 많은 도움을 받았다.

따스한 동네 어른들은 내 속에 담긴 고통을 알아봐주었다. 그땐 그걸 몰랐다. 그분들은 나를 가엾다 하시며 머리를 쓰다듬어주고, 뭐 하나라도 더 먹이려 하셨다. 그런 분들에게서 하도 사랑을 많이 받아서, 나는 사랑 듬뿍 받은 아이로 자랄 수 있었다. 요즘 나는 사랑받은 티가 난다는 말을 자주 듣는다.

나는 그렇게 아무 말을 하지 않아도 내 삶을 납작하게 보지 않는 사람들의 손에서 컸다. 내가 가엾다던 할머니들 할아버지들의 손길, 키우기 쉬운 아이라며 눈물을 보이던 큰엄마. 그런 따스한 사랑이 나를 키웠다. 그래서, 나 힘들면 적당한 거리에서 마냥 쓰다듬어주는 그런 사랑에 나는 익숙하다.

그래서 나도 삶에서 스치는 사람들에게 따스하려고 한다. 세상에는 그것으로 자라는 아이들이 있다.

내가 만나는
세상 II

갑자기
부부가 남남이 됨

제가 그랬었어요. 독일에서 결혼하고 한국 오니 남남 되고, 와이프 아파서 응급실 데려갔는데 따라 들어가지도 못하고, 저희 결혼 사실 모르는 와이프 어머님이 고맙다고, 정말 고마운 친구라며 용돈 주시길래 혼자 택시 타고 집에 갔습니다.

해외에서 법제 결혼 이미 해서 같이 살아보고 한국에 왔지만 정말 아무 소용도 없더군요. 한국에 저희 부부가 같이 아는 사람도 없었던지라, 마치 인어공주가 물거품 되는 것 같았습니다. 다만 대한항공 가족합산 마일리지는 당시에 독일에서 인정해준 게 한국 사이트에 들어가도 되더라고요.

원래부터 한국에서 동성혼 법제 없이 부부로 사는 동성 커플들은 이렇게 살고 계셨구나 싶어서 어디 징징대지 말아야겠다 생각하고 있었습니다. 하지만 지금 와서 하는 말인데, 남남이 되었다는 측면에선 지옥에 떨어진 기분이었어요. 동성혼 법제화뿐만 아니라, 원가족, 직장, 학교, 같이 다니던 동네 단골 미용실 등에 동성 부부임을 밝히지 못하고 살게 되는 경우에는 둘이서 새끼손가락 마주 걸고 부부라고 약속하고 사는 것과 같았습니다. 하루아침에 남남이 될 뿐 아니라 사회적으로도 고립됩니다. 물론 한국인이라 더 그렇습니다.

와이프 응급실에 있을 때 생각했어요. 이 사람 혹시라도 이대로 가면, 나는 장례식에 친구로 서 있겠구나. 가서 너무 많이 울지도 못하겠구나. 나중에 들었는데, 한 시간만 늦게 데려갔어도 생명이 위험했을 만큼 위중한 상황이었어요. 배우자가 죽었는데 배우자라 말하지 못하는 삶이 여기에 있어요.

오히려 한국처럼 동성애자임을 밝히고 살기 쉽지 않은 나라에서 더더욱 동성혼 법제화가 필요합니다. 가족이 몰라도 법이 우리가 부부임을 보증하고, 재산, 의료, 장례 등의 절차에 배우자로서 관여할 수 있도록 해야 하기 때문이에요. 지금은 세상에 오픈하고 모두에게 알리는 것이 유일한 방법입니다.

저는 비행기에서 내렸더니 남남이 되었던 그 사람과는 정말 남남이 되었습니다. 혹 지금의 와이프 이야기라 생각하실까 봐 덧붙입니다. 전처 이야기입니다.

소셜미디어에서 누군가 '외국에서 살다가 한국에 온 동성 커플은 그럼 한국에선 남남이 되는 건가요?'라고 묻는 말을 보고 나는 이렇게 답했다. 내 가장 아픈 기억을 찌르는 문장이었다.

우리는 서로의
전처가 되었다

우리가 이혼하는 데엔 3년이 걸렸다.

아직은 부부 토크

내 말을 듣던 파트너가 눈을 동그랗게 뜨더니 입을 열었다. 하지만 이내 재밌다는 듯 웃는다.

"한량으로 살 것처럼 말하더니 아예 니 손으로 스타트업을 차렸네?"

"그러게. 나를 갈아 만든 회사……."

"어쩌다 그렇게 했어? 너 오라는 데 많았잖아."

"불안했어. 그 불안이 나를 갈았어. 그랬더니 회사가 생겼어."

"그건 어떤 불안일까?"

"한국에서 잘 살 수 없을 것 같다는 불안. 지난주까지도 여기 계속 있을지 고민했었어. 정말 아무도 몰랐겠지만. 난 너무도 사회적인 존재야. 내 영달만 보고 못 살겠어. 그러면 불안해. 근래엔 정말 힘들지만 행복해. 여보, 이제 집으로 돌아와. 그리고 아주 돌아오진 마."

"그래, 이제 조금씩 더 돌아와야지."

우리는 오랜만에 만났다. 파트너는 요즘 내가 뭘 하고 사는지 잘 몰랐다. 우리는 서로의 지난 근황을 나눴다. 오늘 오랜만에 집에 온 파트너는 고양이들 밥을 만들고, 집 구석구석을 치우고, 투덜대면서도 나에게 최선을 다해 잘해줬다. 밀린 숙제를 해치우는 것 같아 보이기도 했지만, 한편으론 여유로워 보였다. 나는 불안하다는 말을 대놓고 할 수 있는 사람에게 기댔다. 파트너는 일 생각을 하지 않아도 시간을 함께 보낼 수 있는 유일한 사람이 되었다.

별거 중이던 우리 부부는 얼마 전 이혼을 결심했다. 그리고 이혼 절차 협의와 변호사 선임을 위해 '마지막으로' 만났다. 그리고 서로 어색하게 돌아서려던 순간, 파트너가 내 한마디에 멈칫했다. 마치 붙잡으면 가지 않을 사람처럼.

"넌 내가 결혼반지 뺀 게 어떤 의미인지 알아? 넌 아무 상관 없을지 몰라도, 나한텐 큰 의미였어. 넌 죽어도 모르겠지만."

내가 만나는 세상Ⅱ

파트너가 물었다. 진지했다.

"너한테 그건 무슨 뜻인데?"

나는 마냥 붙잡을 힘은 없었다. 약간의 눈빛만 보냈다. 파트너는 그걸 쥐었다. 나는 "일단 지금 가지 말든지." 했고, 파트너는 "마지막으로 한번 잘해보든지."를 던졌다. 우리는 각자가 약간씩 낸 에너지를 주고받으며 공을 키웠다. 서로에게 가장 힘들었던 부분에 대해서만 신경 써서 잘해주기로 약속했다. 나는 파트너에게 '따스하기'를, 파트너는 나에게 '먼저 질문해주기'를 요구했다. 우리는 그것만 열심히 지켰다. 상대가 원하는 방식으로.

그 마음을 품고 각자가 돌아간 일상에서 우리는 각자가 얼마나 무심한지를, 또 얼마나 혼자 떠들었는지를 깨닫고 서로 그 마음을 주고받았다. 우리는 어쩌면 이렇게 적당한 거리로 관계를 재설정하는 '그 어려운 일'을 해낼지도 모른다.

나는 아직 결혼반지를 다시 끼우지 않았다. 뺀 지가 몇 달인데, 몇 년을 반지와 닿아 있던 손가락의 감각은 아직도 매번 손을 씻을 때마다 혹여 반지 사이에 비누가 낄까 싶어 움찔한다. 우리에겐 이 반지가 정말 필요할까?

레즈비언 부부, 이혼하기로 결심하다

"나리야, 우리는 친구가 될 수 있을까?"

"나 전여친이랑 헤어질 때 똑같이 물어봤는데 걔가 뭐라고 했는지 알아?"

"뭐라 그랬는데?"

"'언니, 그게 무슨 개소리야. 우리는 이제 영원히 서로 전여친이야.' 그러더라."

"한번 맺은 관계에 얽매인다는 뜻인가?"

"그만큼 특별한 사람들로 남는다는 거 아닐까? 너는 이제 영원한 내 전처야. 나도 너에게 그렇고."

우리는 서로의 전처가 되기로 약속했다.

이혼 진행하기에 완벽한 타이밍

독일 가정법원에 이혼 절차를 진행할 변호사를 선임했다. 그동안 마음도 힘들고 바빠서 차일피일 미뤘는데, 이제는 진짜 해야 할 일이라서 붙잡고 시작했다. 방금 변호사와 통화했더니 이렇게 말했다.

"들어보니 이혼 진행하시기에 완벽한 타이밍이네요! 다행히 요새 베를린에선 이혼 절차가 오래 안 걸려요~ 반년이면 될 거예요~"

상황을 듣더니 가급적 나는 독일에서 법원에 직접 출석하고, 전처는 재한독일대사관에 출석하는 걸로 하면 되겠단다.

혼자 하는 이혼

나는 독일에서 결혼을 했고, 2019년에 이혼하기로 최종 합의했다. 나는 그 후 내가 '이혼했다'는 표현을 썼고, 파트너를 '전처'라 지칭하기 시작했다.

하지만 그 후 우리의 이혼은 여태 베를린주 가정법원에 계류되어 있다. 마지막으로 법원에서 연락을 받은 건 2020년 4월, 거기까지 걸린 데는 초반의 내 정신적 고통에 의한 게으름과 변호사를 선임하자 갑자기 닥친 코로나 시대, 그리고 전처가 쓴 한국 거주지 주소가 명확하지 않아서 독일 법원이 한국 외무부에 문의하게 된 지난한 과정 모두 꼬인 실타래처럼 얽힌 배경이 있었다. 그래서 2021년 4월 말에 이르러서야 베를린주 가정법원에 이혼신고장 접수가 완료되었다는 연락을 받았다.

법원에선 여태 아무 연락이 없다. 정확히는 법률대리인에게서 아무런 소식이 없다. 동성혼 이혼 전문이라는 법률대리인은 절차가 반년쯤 걸릴 수 있다고 했는데, 코비드 상황이라 법원에 처리해야 할 일이 쌓여 있을 거라고 했다. 진행이 안 되니까 내야 하는 각종 비용도 아직 다 치르지 못했다. 이 모든 절차는, 독일에서 배우자 체류권을 반납하고 한국으로 주소지를 옮긴 전처는 주한독일대사관에, 여전히 독일에 영주권자로 주소지를 두고 있는 나는 베를린주 가정법원에 각자 출석해야 끝이 난다. 그리고 베를린에서 함께 살던 집 공동 명의, 부부 명의의 손해배상보험, 전처 명의의 전기와 인터넷 등 사소하게 해결해야 할 것들이 있다. 건강보험사에는 먼저 연락이 왔길래, 이혼 절차 중인 상황을 설명하고 내 배우자로 가입됐던 전처의 건강보험을 말소시켰다. 그리고 이 모든 과정의 마지막은, 우리가 살던 집을 온전히 정리하는 일이다. 그러면 내 길었던 독일 생활도, 몇 가지 세무 절차만 더하면 함께 정리된다.

지난 2년간의 이 모든 절차와 앞으로 처리해야 할 일들은 오롯이 독일에 적을 두고 있는 내 몫이 되었다. 전처는 어차피 이제 유럽 가서 살 일이 없다고 했다. 우리가 결혼하고 살아온 관계를 정리하는 방식은 서로 달랐다. 전처에게는 중요하지 않았기 때문이다. 그에겐 우리의 결혼이 유학기간의 신기루 같은 것이었을지도 모르겠다고 생각했다. 가족도, 그 누구도 몰랐던 일이니까 그럴 수도 있겠다는 생각을 해보았다. 다만 나에게 이혼은 반드시 해결해야 하는 일이고, 독일에 있는 소소한 재산과 노후연금 따위에 대한 상속권리를 전처에게 남겨둘 수도 없는 일이다. 우리의 입장은 이렇게도 다르다.

내가 만나는 세상Ⅱ

나는 한국의 많은 동성애자들이 유사한 상황에 처해 있다는 것을 알았다. 나와의 차이가 있다면, 그들 중 대부분은 법적으로 혼인한 적도 없다는 거다. 그리고 한 명이 갑자기 사망하게 되는 경우엔, 그들이 함께 살았던 집은 마치 친구 둘이 살다 누가 한 명 죽어서 한 명이 나가야 하는 것처럼, 사라져버린다. 배우자의 사망에도 상주가 될 수 있기는커녕, 친했던 친구의 자격으로라도 서 있을 수 있으면 그나마 다행이라고들 한다. 가족은 마치 인어공주처럼 거품이 되어 사라진다.

나는 또 다른 결혼을 준비하고 있다. 그리고 이번엔 심지어 동성혼 법제화도 안 된 나라에서, 둘이 웨딩사진 찍고 지인들을 초대해서 올릴 결혼식을 계획한다. 이번 결혼은 거품처럼 사라지지 않게 될까? 나는 이 질문을, 지독히도 혼자서 하는 이혼의 과정 속에서 곧 나와 결혼할 그 사람을 앞에 두고 스스로에게 던진다. 피앙세를 데리고 독일에 간다면, 그리고 거기서, 법제화된 사회적 제도 속에서 가족으로 살아간다면, 이 모든 게 달라질까? 나는 그렇지 않다는 걸 가슴 사무치게 배웠다.

나는 마치 어제 이혼한 사람처럼 울었다.

헤어질 결심은 쉬웠는데 이혼은 쉽지 않다

올해(2022년) 나는 인생에서 두 번째 결혼식을 올렸지만 아직 전처와 이혼이 안 된 상태였다. 독일이 아니라 내가 지금 사는 이 땅에서도 동성혼이 법제화되면 더 많은 사람들이 겪을지도 모를 두 여자의 이혼 과정은 정말 지난했고, 아직도 끝나지 않았다. 나는 결국 이혼하지 않은 상태로 결혼식을 올리게 됐다. 계획과는 달랐다.

결혼식 직후 들은 가장 기쁜 소식은 별거 3년을 채우면 법원에 출두하지 않아도 된다는 거였다. 올해(2022년) 9월이 별거 3년이 되는 시점이었고, 나는 전처에게 다시 연락해서 법원 출두 없이 이혼하는 것에 필요한 서류들을 만들어서 변호사에게 보냈다. 변호사는 판결이 9월에 있을 예정이라고 했었다.

오늘 법원에서 편지가 왔다. 둘 다 법원으로 출두하라는 내용이었고, 전처를 위해 한국어 통역사를 준비해두겠다는 세심한 배려도 있었다.

독일 변호사 사무실에 바로 전화를 했다. 내 전화를 받은 무지개 로고의 독일 동성부부 이혼전문 변호사 사무실 담당자는 무척 여유로웠다. 나는 전처가 독일 법원에 출두하지 않아도 되게 할 방법이 없을지부터 물었는데, 이미 거주지 말소하고 출국한 사람이라 서류를 제출하면 가능할 거라는 답변을 하며, 나의 법률대리인이지만 전처 대신 그 일을 해주겠다고 말했다. 고마운 일이었다.

"저희도 보고 좀 놀랐어요, 프라우 킴. 내일 법원에 전화해 볼게요."

"제가 더 보내드려야 할 게 있나요? 아니면 그냥 기다림?"

"네네, 기다림."

이제 좀 기다리기만 하면 다 될 일이다. 3년을 '기다림' 했는데 조금 더 못 기다릴 것은 없다. 그리고 3년간 이혼하면서 전처와 나는 예전과 달리 서로에게 따스해졌다. 이혼 도장 찍히고 나면 한 번 마지막으로 만나자는 약속도 했다. 이혼에 이만치 오랜 시간이 걸리는 게 어쩌면, 우리 둘 다에게 좋은 일이었던지도 모르겠다.

마침내 이혼했다

어제 베를린에 도착했다. 그리고 오늘 아침 9시 45분에 이혼 재판이 있었다.

코로나와 독일식 관료제와 전처의 상황이 엮여서 이혼에 3년 1개월 14일이 걸렸지만, 재판은 쉽게 끝났다. 10분 걸렸다.

감정. 어떤 감정을 느껴야 할지 아직 잘 모르겠다. 한국에서의 일과 코로나가 내 삶을 어떻게 바꿨는지 어느 때보다 많이 느끼고 있을 뿐이다.

좋아하던 집 앞 카페에 앉았다. 좋아하던 브런치를 먹었다. 나는 웃으며 혼잣말을 했다. "우리의 이혼을 축하해."

너는 나한테 좋은 사람이었어

법정 이혼을 무사히 잘 마치고 나면 마지막으로 밥 한 끼 하자는 말을 언젠가 전처와 했었다. 법원에서는 판결이 났고 판결문도 나에게 전달됐지만, 최종 이혼 확인서가 나오기까지는 한 달이 더 걸리긴 한다고 들었다. 하지만 이제 다 됐다. 그리고 이 긴 이혼의 어떤 끝에 달린 홀가분한 마지막은 종이 한 장의 통지서는 아니어야 했다.

전처에게 이제 그 밥을 먹자고 먼저 연락을 했다. 서로 일정을 맞춰보다 오늘 시간이 좋다고 해서 꽤 갑자기 만났다. 독일에서 3년 가까이 이 건을 맡은 '동성부부 이혼전문 변호사'가 계산해보니 돈이 덜 들었다며 30만 원가량을 돌려주겠다고 했는데, 딱 그 돈을 우리의 마지막 식사에 쓰면 좋겠다는 생각이 들었다. 당일 예약되는 적당한 파인 다이닝을 골랐다. 전처가 뭘 잘 먹는지는 오래 가족으로 지낸 내가 너무도 잘 알고 있기 때문에, 그 사람의 취향의 어떤 디테일마저 알고 있기에, 마지막 밥 한 끼 먹을 식당 고르는 일은 어렵지 않았다.

우리는 많은 이야기를 나눴다. 서로에게 미안한 것들을 에

둘러 챙겨서 말해주고, 안부를 묻고, 그동안의 일들과 주변 사람들 소식을 나눴다. 이 사람과 이렇게도 편한 시간을 보냈던 적이 있던가 싶었다. 하지만 이야기를 하다 보니, 우리가 같이 가서 먹었던 제일 맛있는 식당이라든가, 우리가 같이 가서 좋았던 제일 황홀한 풍경 같은 것이 떠올랐다.

나는 이 사람과 내가 헤어지는 것이 왜 더 나은 선택이었는지를 이해할 수 있었다. 그리고 그 감각은 더 이상 고통스럽지 않았다. 아프지도, 원망스럽지도, 밉지도 않은 채 그 어떤 연민도 없는, 하지만 내 삶의 한 조각이었던 사람이라는 것을 받아들일 수 있었다.

서로에게 고맙고 미안했던 마음을 나누다 보니 디저트가 나왔다. 우리 둘 다의 인생에서 힘든 시기가 맞았음을 서로가 확인한 순간, 내가 말했다.

"그래도 그 힘든 시기에 우리가 둘이었어서 잘 지낼 수 있었던 거야."

전처를 가까운 지하철역 입구에 데려다줬다. 갑작스럽게 차에서 내려야 하는 상황이 됐다. 마지막의 끝을 붙잡을 필요는 없었지만, 잘 지내라는 말을 급히 주고받았다. 하지만 어떤 마지막 말을 해야 할 것 같았다. 그래서 집 앞에 도착해서 메시지를 보냈다. 오늘 너와 만나서 좋았다고. 전처도 그랬다고 했다. 나는 정말 마지막으로, 이 말을 보냈다.

"건강하게 씩씩하게 잘 지내! 너는 나한테 좋은 사람이었어."

이로써 이혼은 과거의 일이 되었다. 홀가분하다.

고양이의
여행

　고양이와 함께 여행하는 건 무척 조심스러운 일이다. 고양이는 알려진 대로 영역 동물이고, 집에서만 자란 고양이에게 바깥세상은 스트레스가 되기 때문이다.

　니모는 지난 19년간 나와 많은 곳을 옮겨 다니며 함께 살아왔다. 니모의 가장 긴 여행은 베를린에서 서울로의 이사였다. 태어난 도시를 떠나 다른 도시로, 그것도 다른 나라로, 그것도 다른 대륙으로 온 건 처음이었다. 고양이의 여행은 보통 불가피한 이사나 동물병원 가는 일 같은 것으로 한정된다.

　니모와 오래 살면서 우리의 유대는 특별해졌다. 여행을 좋아하는 나는 니모를 집에 두고 돌봐줄 사람을 구해주고 떠나곤 했다. 어릴 때의 니모는 '엄마는 언젠가 돌아온다'는 것을 학습했다. 그리고 잠깐 돌봐준 사람들과도 좋은 관계를 만들어갔다. 니모가 사는 곳은 늘 내가 돌아갈 집이었다.

니모는 19년간 살아오면서 내가 만난 수많은 사람들을 함께 알아갔다. 특히 나와 같은 집에서 산 친구들이라든가 내가 길게 사귄 여자친구들, 지금은 전처가 된 니모의 다른 엄마와도 니모는 특별한 관계를 맺었다. 그리고 내가 다시 결혼을 하게 되면서, 니모는 와이프와 서로 떨어질 수 없는 사이가 되었다. 니모는 언제나 자신에게 특별해진 사람들의 집이 되어주었다. 그리고 어느덧, 우리는 지금의 셋이 되고, 우리 셋은 함께 있을 때 그 자체로 집이 되었다.

우리라는 집은 처음으로 함께 여행을 왔다. 고양이와 하는 여행이라 무척 조심스러웠고, 많은 준비를 했다. 니모가 좋아하는 것들을 배치하고, 평소 습관을 생각하고, 니모가 숙소 구석구석을 관찰하고 느끼는 모습을 지켜보고, 그리고 나도 한시름 놓고 나서야 니모는 내 곁에 와서 품에 안겼다. 그루밍을 하고 창밖을 바라보더니 이내 잠에 들었다. 편안하고 행복한 순간이다. 니모야, 우리는 서로의 집이야.

니모 데려오길 잘했다는 생각이 든다. 와서 밥도 잘 먹고,

응가도 잘 누고, 공간 검사도 다 했다. 오는 길에 많은 분들에게 예쁨도 받았다. 항공사 체크인 카운터에서도 귀여움받고, 공항 검색대를 통과할 때도 그랬다. 카센터 분들이 고양이는 처음이라며 환호하자 니모는 좀 으쓱해했다.

염려했던 마음이 스르르 풀린다. 창으로는 바람이 솔솔 불어오고, 걱정은 바다 너머 더 큰 땅에 남겨두고 왔으니, 그저 우리 니모를 안고 있는 마음이 더없이 포근하고 따뜻하다.

우리 셋은 제주에 잠깐 살러 왔다.

섬에서
떠날 수 없어서

런던에서 한 달 지내다가 베를린으로 돌아가기 전 아일랜드를 한 바퀴 돌면서 여행했던 적이 있다. 아일랜드 서쪽 해안가의 절벽에 섰다. 그때도 비가 내렸다. 항구로 내려가서 우선 아무 숙소에나 들어가서 비를 피했다. 그리고 배를 타고 섬으로 들어갔다. 왕복을 구입하겠냐는 당연한 질문에 아니라고 말하고 싶어서 그렇게 했다. 편도 티켓을 사서, 유럽의 최서단인 아란군도에 들어가서, 거기서 만난 섬사람의 차를 타고 섬의 가장 끝으로 갔다. 버려진 것처럼 그대로 남은 땅의 끝은 대서양이었다.

그때 나는 아직 육지로 돌아갈 준비가 되지 않았다는 걸 알았다. 섬의 끝에 데려다줬던 섬사람이 운영하는 B&B에 머물

내가 만나는 세상Ⅱ

렀다. 다시 베를린에서 살 수 있다는 생각이 들고 나서야 나는
아일랜드의 육지로 나갔다.

　　우리는 제주도에 열흘 여행 왔었다. 잠시 서울을 떠나 있고
싶었다. 그리고 마지막 날 서울로 돌아갈 준비를 하다가, 문득
문장 하나가 내 머리를 쳤다.
　　'나, 아직 육지로 돌아갈 준비가 되지 않았어.'
　　와이프에게 말했더니 그럼 우리 일단 돌아가지 말자고 했
다. 부창부수였다. 그때부터 정신없이 와이프와 고양이, 그리
고 나를 받아줄 집을 찾기 시작했다. 그리고 우리들의 '제주집'
에 월세를 입금하고서야 미처 생각하지 못한 현실들이 떠올랐
다. 항공권, 렌트카, 고양이 처방식, 서울에 잡힌 수십 개의 일
정 같은 것들이 가장 급했다.

　　와이프와 나는 마치 사고 치는 데 이미 합을 맞춰본 팀인
양 자기 자리에서 문제를 해결해나갔다. 여행 마지막 날 내린,
일단은 집으로 돌아가지 않겠다는, 아니 못 가겠다는 무모한
결정이 우리에게 이상하리만치 큰 힘을 주고 있었다.

　　우리는 열흘 지내던 숙소에서 정확히 섬의 반대편에 있는
곳으로 옮겨왔다. 제주에도 막 장마가 시작되고, 안개가 자욱

해서 바로 앞에 있는 차도 보이지 않았다. 드디어 우리가 지낼 곳에 들어와서 짐을 풀었다. 가장 걱정했던 고양이는 새 집이 마음에 드는 눈치였다. 다리에 힘이 풀렸다. 어떻게 잠들었는 지 모르겠다. 그리고 아침이 됐다.

와이프가 일하려고 책상에 앉더니,
"내가 꿈꾸던 프리랜서의 삶이야. 여행지에 와서 살면서 일하고."
하며 웃는 거다. 아직 잠이 덜 깬 나와 고양이는 복층 난간 사이로 고개를 내밀고 아래층에 앉은 와이프가 행복해하는 모 습을 구경했다. 거기 행복한 사람이 앉아 있었다.

이번에도 그렇겠지. 다시 서울에서 살 수 있다는 생각이 들 때, 우리는 집으로 돌아갈 거다.

세면대 설치하는 사람

당근에서 괜찮은 세면대를 싸게 구했다. 당근님이 뒤에 타일이 붙어 있다며 잘 확인하고 사 가라고 재차 당부를 하셨다. 설치할 때 실리콘으로 마감을 한 모양이었다. 얼핏 봤을 땐 쉽게 떨어질 것 같아서 가져왔다. 네고 없고 기름값 달라는 말 하지 말라고 써두셨던 분이 먼저 5천 원이나 깎아주셨다. 낡고 고장난 세면대 닦고 고치려다가 안 될 일이라는 사실을 깨달은 나는 일단 모두 해체했고, 당장 설치할 세면대가 필요했다.

가져와서 칼을 들고 타일 제거 작업을 시작했다. 실리콘이 정말 넓은 부위에 찰떡처럼 찰싹 붙어 있었다. 각종 도구가 동원됐다. 일자 드라이버를 끼우고 망치로 두들기고 칼로 저며내는데, 조각가가 된 기분이었다. 한 시간을 꼬박 깎아내고 부수고 했더니 끝났다. 이래서 잘 보고 가져가라고 하셨군.

설치 자체는 쉬웠다. 뭐건 처음 해보는 사람은 어디서 고생하게 될지를 모른다. 고생할 일이 없어도 괜찮겠지만, 해보고 나면 어디에서 힘든지 알 수 있게 되어서 좋다. 그런 경험들의 이후엔 다른 일들도 요령 있게 하게 되고, 삶의 크고 작은 결정이나 실행도 쉬워지는 것 같다.

세면대 하나 교체하는 데는 여러 과정이 있었다. 그 모든 과정에는 내가 무언가 해본 경험이라든가, 쓸데없이 갖게 된 것들이라든가, 어디서 얻어서 가진 것들, 그리고 해왔던 실수들이 동원됐다. 그것들이 모여서 얼추 필요한 것이 다 있었다. 장비건 능력이건.

무작정 해보는 건 어릴 때부터 이어진 내 태도다. 요리도 하나씩 직접 해보기 시작했는데, 실수도 많이 하고 못 먹을 것이 나오기도 했다. 또래 친구는 나를 보면서 그랬다. 자기는 요리를 하려면 당장 온갖 양념에 기구들이 다 필요해서 그냥 사 먹는다고. 그게 더 싸다고. 친구 말도 맞다.

그런데 다 갖추지 않아도, 살다 보면 뭐가 생긴다. 간장계란밥을 해 먹으려다 생긴 간장은 다른 여러 곳에 쓰인다. 무언가를 시도하는 사람에게는 늘 누군가 필요한 것을 보태준다. 꼭 요리가 아니라도, 그게 무엇이건 사람은 시도해보고 쌓아가며 배우는 것이 있다. 시도하는 것 자체가 이미 재능이다.

나는 내 재능에 이끌려 정말 많이 망했었다. 고쳐보려다 망가진 기계들, 힘 조절을 못 해서 부순 것들, 예측 못 해서 소진됐던 내 체력 같은 것들이 우선 떠오른다. 해도 될지 걱정하지 않고, 해보고 싶은 건 바로바로 해봤다. 그러다 실패도 많이 했다. 사람에게 상처도 받았다. 나는 완벽하지가 않다.

나는 내가 좀 모자라서 행복하다는 사실을 알게 됐다. 예전엔 똑똑해야 할 것 같고, 다 제대로 해야 할 것 같기도 했다. 망한 이야기는 하고 싶지 않았고, 성공한 것들에 대해서만 말했다. 분명 성공의 경험은 참 좋았다. 하지만 정말로 나를 만든 것은 많이 망해본 경험이었다. 그걸 이제서야 안다.

오늘 세면대 설치에 성공했다. 그리고 그 과정에서 한 일곱 번쯤 계속 실패했다. 나는 스스로에게 물었다.

"그래서, 다음부턴 기사님 부를 거야?"

해보다 보면 남이 하는 게 훨씬 나은 일들이 있단 말이다.

"아니야. 이건 이제 내가 할래. 재밌고, 다음부턴 아주 쉽게 할 수 있어."

회사빚
다 갚았어

법인 대출을 모두 상환했다. 대출 계좌 세 개가 모두 사라진 기업 모바일 뱅킹을 몇 번이나 가서 확인했다. 하루 종일 웃음이 실실 나온다. 이제 대출의 시대를 정리할 수 있다.

갚아야 할 빚. 그게 있으니까 어느덧 사람이 정신이 차려지더라. 게다가 갑자기 대출 금리가 너무 올랐다. 나는 일단 대출 상환 계획을 세웠다. 계획이 있으니 막막하지 않았다. 계획을 실행하면 되니까. 계획대로 꾸준히 갚아서 n억 원이 약 7천만 원만 남은 상태에서 나는 제주로 이사했다.

연세 내고 얻은 제주집에서 단순한 생활을 하며 지내다 보니, 문득 원래 세웠던 장기 계획과 달리 모든 빚을 다 갚고 싶어졌다. 내 반전세 아파트 보증금도 있었다. 적금에서 긴급출금을 하고, 여러 계좌에 조금씩 있는 돈도 다 모으고, 10년 넘게 부은 주택청약도 털고, 신용카드 해지해서 연회비도 돌려받았다. 당근마켓에 물건도 내다 팔았다. 1원 단위까지 싹싹긁어서 한 계좌에 모았더니 남은 대출을 갚을 만큼의 액수가모였다. 그리고, 오늘 다 갚았다. '미디어오리의 대출 시대'는여기서 끝났다. 고생했다, 내 법인격아.

세무대리인에게 사업자등록 폐업 절차 진행을 부탁했다. 회사를 아예 정리하려니 이것저것 할 일은 정말 많지만, 이제빚이 없으니까 홀가분해서 하나하나 마음에 걸리는 것 없이잘 진행하고 있다.

지금 내 은행 계좌에는 현금이 93,303원이 있다. 살면서내가 이렇게 부자였던 적이 있던가. 사람이 다시 시작하기 딱좋을 만큼 많은 돈이다. 좋아서 웃음이 자꾸 난다.

부지런한
텃밭일

오늘도 아침부터 부지런한 텃밭일로 하루를 시작했다. 상추나 좀 심으려고 더위를 피해 아침 일찍 뒷마당에 나가서 높게 자란 잡초를 걷어내고 밭고랑을 조금씩 만들었는데, 하다 보니 꽤 큰 텃밭이 되었다. 오늘은 바람이 제법 불어서 두어 시간은 더 할 수 있을 것 같다.

새로 신청한 신용카드가 왔는데, 배송하시는 분이 뒷마당 텃밭에서 일하는 나를 찾아내셨다. 감사하고, 또 이런 경험이 신기하기도 하다.

집주인 선생님은 이 넓은 집을 혼자 관리하다, 이제 편찮으셔서 단순한 삶으로 바꿨다고 하셨다. 내가 관리하다가 힘들어할까 봐 걱정하시길래 나는, "잡초들도 보고 있으면 예쁘더라고요. 내버려두기도 했다가 마음 생기면 또 정리하고 할 거예요."라고 말했다.

원래 대학 교수셨는데, 강의하러 나가기 전에 새벽같이 일어나서 밭일, 정원일 해놓으며 사셨단다. 나는 어떻게 그러셨을까 했는데, 이미 나도 눈만 뜨면 밭에 먼저 나간다. 특히 요즘은 초저녁에 일하면 모기에 물리기 때문에.

오늘은 앞집 고양이가 아주 당당하게 우리 집 앞에 앉아 있었다. 내가 "쥐 선물 고마워! 맛있게 잘 먹었어!" 했더니 마치 알아듣기라도 한 것처럼 다가와서 몸을 부비댔다. 내가 이제 일하러 가자고 했더니 따라와서, 내내 내가 일하는 곁에 앉아서 나랑 시간을 보내줬다. 어쩌면 쥐 선물 또 받을지도.

칡넝쿨과의
전쟁

　나는 사실, 아까까지만 해도 패잔병이 된 기분이었다. 칡넝쿨과의 전쟁에서 패배했기 때문이다.

　집주인 선생님께 SOS를 쳤다. 선생님 이야기는 너무 재미있고, 대화 끝엔 마음이 편안해진 나를 발견하게 되는데, 그렇게 제거하지 못해서 미웠던 칡넝쿨과의 관계도 회복됐다. 저걸다 치우려고 애쓰지 않아도, 언젠가는 칡꽃을 보여줄 거고, 둘둘 감아서 던져두면 흙이 되고, 노끈 대신 사용해도 된다.
　잡초도 해충도, 다 나한테 필요 없어서 생긴 이름들이라는 사실이 새삼스럽게 다가왔다. 텃밭에 앉아서 땅을 파고 있으면 그런 생각이 든다. 어떤 잡초는 작은 꽃을 피우면서 모여 있는데, 그러면 그곳은 잡초 더미가 아니라 사실 꽃밭이다. 걸어낸 풀들은 금방 흙이 되니까 내다버릴 쓰레기가 아니다.

도시에서 베란다나 옥상에서 작은 농사를 짓던 나에게 흙
은 돈 주고 사야 하는 재료였다. 해충은 골칫거리였고, 뽑아낸
잡초는 '음쓰'인가 '일쓰'인가의 갈래에 놓였다. 그런데 자기 땅
을 만들어가면서 사는 사람이 되자, 여기 있는 것들은 다 자기
역할을 하면서 돌고 돌더라. 난 마냥 신기해.

아까는 밭에서 일하는데 노란 나비가 잔뜩 날아들었다. 그
러다 어느 순간 커다란 호랑나비 한 마리가 나타났다. 실제로
그런 장면 속에 앉아 있는 기분이 어땠냐고? 그냥, 많이 행복
했다. 나는 호미질을 하면서도 땅속에 사는 애벌레나 곤충들
이 다칠세라 조심하게 됐다.

지금 배추 모종을 심어두면 나비들이 애벌레 키우는 곳으
로 같이 쓰게 될 것 같다. 많이 심어도 아마 얼마 남지 않을 거
라서, 나는 쌈채소 키운다는 마음으로 배추를 심을 거다. 그리
고 봄에 꽃대가 올라온 자리에 달린다는 '동지'를 기대한다.

집주인 선생님

뒷집 이웃에게 받은 무화과에 맛들여서 결국 우리 집 무화과나무에 다녀왔다. 가는 길이 험했지만 정글 속으로 진입. 주렁주렁 달려 있기는 한데, 익은 건지 확신이 없었다. 그때, 개미가 몰려 있는 커다란 무화과 두 개 발견. 개미들아, 너네가 조금 먹고 남은 건 우리가 먹을게!

그동안 왜 무화과나무에게 안 가려고 했냐면, 풀이 내 키만큼 자라 있고, 바닥에 돌로 쌓은 계단이 있는데 안 보이는 상태이기 때문이다. 하지만 갓 나무에서 딴 무화과를 맛본 인간의 의지는 막을 수 없었다. 꿀을 따 먹는 것 같았다.

내가 차밭 근처에 무화과 따러 다녀왔다는 얘기를 듣고 집

주인 선생님께 전화가 왔다. 이제 차밭에 꽃이 필 시기라고. 처음부터 농약 안 치고 키운 차인데, 그 차맛이 일품이라고 하셨고, 씨앗을 주워서 베개도 만들고 기름도 짤 수 있다고 신나게 설명해주셨다. 가을에 '동엽차' 만들어준다고 하셨다.

집에는 아직 미지의 세계가 많다. 지쳤던 마음이 풀숲 사이에서 새로운 것들을 발견하면 스르르 풀리곤 한다. 입에 넣어보고 처음 맛보는 것처럼 느껴지는 감각들을 느낄 땐, 아기 때 세상을 이렇게 배워나갔던 건가 싶다.

엄마한테 전화해서 우리 시골에도 무화과나무를 심으면 좋겠다고 했다. 엄마가 처음에는 우리 동네는 지대가 높아서 무화과는 안 될 것 같다고 말하다가, 갑자기 목소리가 밝아지면서 이렇게 말했다. "하긴, 온난화 때문에 우리 집에서도 무화과 될 것 같아. 심자." 이제 사과 농장에 무화과가 생긴다.

요즘 야채가 너무너무 비싸다. 마트 가서도 제대로 못 집어오다 보니, 섬유질이 부족한 지경에 이르렀다. 그런데 집주인 선생님께 또 전화가 왔다. "요즘 야채가 너무너무 비싸더라고요. 그래서 나눠드리려고 여기 농사짓는 분께 가서 늙은 호박을 아주 많이 사 왔어요."

늙은 호박은 보관도 용이하니까, 집에 인테리어처럼 쌓아 두고 야채 비싼 시기를 잘 넘겨보라고 하셨다. 각종 호박 요리 법도 배웠다. "어차피 야채는 각종 비타민과 섬유질 섭취하려고 먹는 것 아닌가요?"라고 하셨는데, 빠져들었다.

집주인 선생님이 예전에 뿌려두셨다는 참나물이 그 자리에 계속 알아서 올라오고 있다. 나는 그거 뜯어 먹어도 되고, 또 배웠는데 자꾸 까먹지만 아무튼 자생하는 각종 식용식물들이 있다. 그리고 무엇보다, 마당에 단호박이 자생하고 있다. 심으신 적 없다시면서 말씀하셨다. "단호박이네요. 씨가 날아왔나 봐요."

선물받은 호박으로 인테리어를 했다.

바뀐 생활

생활이 바뀌니까 쓰는 돈의 항목과 규모도 많이 달라졌다. 서울에선 돈을 벌어서 돈을 쓰는 방식으로 거의 모든 것을 얻었는데, 시골에선 돈을 통하지 않고 얻게 되는 것들이 있기도 하고. 서울 생활과 뭐가 달라졌을까?

딱히 돈을 아끼기 위해 노력하지는 않고 있다. 먹고 싶은 것도 다 사 먹고 나름 풍족하게 지내는 중. 하지만 덜 벌어도 되니까 남는 시간이 많고, 놀 수 있는 시간이 많으니까 보상심리가 거의 없다. 보상심리는 돈을 쓰게 만든다. 그만큼 또 벌어야 해서 일하다 보면 보상심리가 또 생겨난다. 돌아보니 그동안 나는 보상심리가 계속 커지는 삶을 살았다.

그리고 무엇보다 서울에서 최소 n억 원은 있어야 획득할

236

수 있는 거주안정성을 거의 그냥 얻었다는 게 우리에게는 큰 장점. 서울에 아파트 사야 하는 게 나에겐 인생의 부담이었구나 깨달았다.

결과적으로 둘이서 쓰던 돈이 무려 n백만 원 덜 든다. 제주로 왔으니까 덜 벌기도 하는데, 그래도 벌기는 하니까 필요보다 더 벌게 된다. 남는 돈은 적금 가입으로 해결하고, 나중에 제주에 집 사서 집 고칠 때 쓰든가 해외이주 비용으로 쓰기로 했다.

돌아보면 서울에서 되게 많이 벌었는데, 나는 뭔가 쪼달리고 있었다. 많이 일하고 많이 벌고 많이 스트레스받으면서 내가 얻고 지키고자 했던 것이 뭐였을까? 내 경우엔 '서울에서 밀려날 수 없어. 그러면 다시 돌아올 수 없을 거야.'의 마음이 가장 크게 자리 잡고 있었다는 걸 제주에 와서 알게 됐다.

나는 외국에서 모은 목돈 별로 없이 살다가 5년 전에 한국 와서 '남들처럼' 아파트를 위해 살기 시작했고, 그래서 '또래보다 자산이 적은 기분으로' 달려왔다. 그래서 더 지쳤었나 싶기도 하다. 하지만 나는 어차피 도시인으로 살아왔고, 언제건 도시를 즐길 마음의 준비도 되어 있다.

내가 만나는 세상 II

시립체육센터 헬스장이 하루에 천 원이라는 고급 정보를 얻었다.

한적하고 경치 좋은 도서관, 수영장과 헬스장을 갖춘 체육센터. 살기 좋다는 생각이 절로 드는 시설들이다.

도서관은 책을 공짜로 빌려주고 공간도 그냥 쓰게 해주고 운동도 거의 거저 하게 해주고, 자연은 아름답고 즐길 수 있는 문화가 넘치고, 사는 집에는 먹을 것들이 알아서 자라고, 필요한 건 이미 초기비용 내서 다 갖추고 있고, 그래서 돈 쓸 데가 별로 없어서, 우리는 이따금 고등어회를 사 먹기로 했다.

소비하지 않는 사람이
덜 초라한 곳

제주에 놀러 왔던 삼촌과 공항에서 아침을 먹다가 삼촌이 왜 베를린 가고 싶냐고 묻길래, "소비하지 않는 사람이 거기선 덜 초라해."라고 말했다. 베를린은 아마도 벌어서 반은 세금으로 내고, 남는 돈의 3분의 1 정도는 월세로 내면서 사는 사람들이 다수인 세상이라 더 그런지도 모르겠다.

독일에서 살다 온 사람들 중에는 특유의 관료주의라든가 개인이 계약상 책임져야 하는 것들이 많은 것을 가장 불편한 점으로 꼽는 경우가 꽤 있다. 한국은, 특히 서울은 서비스가 빠르고 쉬운 것은 정말 사실인데, 대신 삶, 살아가는 것 그 자체는 개인의 소비로 지탱해야 한다. 독일에선 좀 덜 그렇다.

서울에서는 돈 좀 쓰면서 살면 누릴 수 있는 것이 참 많다.

서울 구석구석 얼마나 멋진 공간들이 많던가. 그런 공간들을 찾아내어 소개하는 것 또한 산업이 되었을 정도다. 서울은 참 이상하게 아름다운 곳이다. 그곳의 사람들은 돈을 열심히 벌어도 초라하지만, 그럴수록 도시는 더 화려해진다.

지독하게 아름다운 서울이 다시금 그립다. 고통이 배경음인 아름다운 영상미, 그 속에서 남들처럼 열심히 살다가 초라해진 나는 매번 다시 서울을 떠났다.

소비하지 않아도 초라하지 않은 사람들이 모여 있는 서울은 어떤 곳일까. 본 적도 살아본 적도 내게는 존재한 적도 없는 그 서울이 그립다. 어쩌면 거기가 내 고향인가 보다.

고양이의
돌봄

몇 번 손님방 침대에서 잠들었더니 고양이가 이제 내가 밤
에 거기 앉아 있으면 쫓아와서 잔소리를 한다. 씻으러 간 사이
에도 계속 잔소리하면서 침실로 데려가려고 애를 쓴다. 침실
로 와서 와이프 옆에 누웠더니 그제야 만족하고 잔소리가 멈
췄다.

와이프랑 둘이서 고양이를 가운데 놓고 그 얘기 하면서 웃
었다. 네 덕분에 우리가 웃는다고. 니모는 지금 아주 흡족한 표
정이다.

과거 이 고양이는 아이폰을 들지도 못하게 한다거나, 작업
중이던 맥북프로 전원 버튼을 꾹 눌러서 꺼질 때까지 기다린

다거나, 제 홈오피스에 찾아온 클라이언트 의자 뒤에 똥을 눈 전적이 있다.

"엄마의 휴식을 막는 것들은 내가 처단한다옹!"

어느 날은 내가 너무 슬퍼서 큰 소리를 내며 엉엉 울었더니, 가만히 다가와서 정말 꼬옥 안아줬다. 평소처럼 나에게 안긴 게 아니라, 그 귀여운 두 팔, 사실은 두 앞다리를 벌려 꼬옥. 그런 거 다 어디서 배웠어?

우리가
지금 아니면 언제

처음 이곳에 이사 왔을 때 이웃 대형견 한 마리가 늘 묶여 있는 게 보였다. 산책을 시켜주고 싶어서 견주 이웃에게 내가 산책을 시켜봐도 되냐고 조심스레 물었다. 동네 다른 개와 싸움이 붙었었고 사람끼리의 경험도 좋지 않았던 모양이다. 그래도 용기 내서 다른 길로 오랜만에 산책 다녀왔다고 하셨다.

그 이야기를 제주에 사는 지인에게 했더니, 그분이 대뜸 '어차피 떠날 거면서 정 주지 마라'며 꽤 강하게 잔소리를 하셨다. 내가 떠나면 개가 느낄 상실감에 깊이 이입된 사람의 말이었다. 나는 그 반응에 무척 당황했고, 불편했다.

문득 묶여 있는 이웃집 개와 눈을 맞추며 이야기하고 있는데 그분 생각이 났다. 어쩌면 그분은 떠나겠다는 나에게 정 주지 않으려고 하신 건지도 모르겠다. 내가 이사 왔다고 하자 무척 반기며 따스하게 대해주신 분인데, 떠날 사람이라는 것을 듣고 아쉬우셨을 수 있겠다는 생각도 들었다.

독일에서 나에게 따스하게 대해주셨던 교민분이 어느 날 내 손을 꼭 잡고 하셨던 말씀이 떠올랐다. "나리 씨는 안 떠날 거지요? 다른 사람들은 마음을 주었는데 꼭 떠났어요. 나리 씨는 계속 독일에 살 거지요?" 한 자리에서 계속 사람들을 떠나보낸 사람의 서운한 마음이었을까.

나는 떠돌았다. 어딜 가도 나에게 자기 마음 한 조각 내어주는 사람들을 꼭 만났다. 하지만 떠난다는 말에 내어줬던 마음을 거두는 모습들을 더러 보았고, 드물게 어떤 사람들의 상처가 드러나기도 했다. 떠나는 사람만 보게 되는 단면인지도 모른다. 지인이 그러는 것도 나름의 이유가 있을 거다.

이웃은 개와 산책을 한 번 다녀오더니 멈췄다. 어려워하던 일에 용기를 낸 사람은 그것을 일상으로 만드는 일에 다시 용기를 내야 한다. 어려운 이유와 마주하게 되기 때문이다. 그 마음의 문을 여는 계기가 반드시 내가 아니어도 되겠다는 생각이 들었다. 비단 내가 떠날 사람이라 그런 것만은 아니다.

244

우리와 요즘 가장 가까이 지내는 이웃은 "나는 너무 좋은데. 나리 씨 여기 오래오래 살면 좋을 텐데." 하셨다. 나는 지금 아니면 우리가 언제 이렇게 좋아 보겠냐고 했다. 이웃이 환하게 웃으며 맞다고 하셨다. 떠나는 사람은 그런 마음으로 사람들을 사랑한다. 우리가 지금 아니면 언제 또 사랑할까.

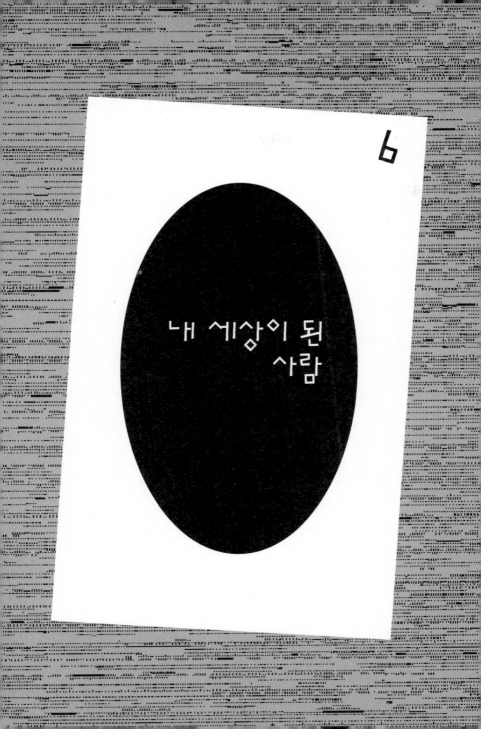

6

내 세상이 된
사람

언니, 나랑
결혼할래요?

여자친구가 책 〈언니, 나랑 결혼할래요?〉를 읽은 후 종종 결혼 얘기를 꺼낸다. 그러니까 나랑 결혼을 하고 싶단다. 그곳에 이미 다녀온 나는 단칼에 안 된다고 했는데, 여자친구는 "쳇." 하며 매번 그냥 넘긴다. 아무튼 결혼에 대해선 나도 진지하고, 여자친구도 진지하다.

이번 여행 숙소를 알아보던 중에는 꺄아 소리 내면서 좋아하더니 이런 말을 내뱉었다.

"언니! 여기 웨딩 촬영 많이 찍는데래요오오!!!"

여자친구는 스마트폰으로 셀카를 찍을 수 있는 삼각대까지 사 왔다. 나는 셀카봉이나 사 온 줄 알았는데. 이런 장비(?)

는 또 처음 써봤다. 구려서 그렇지, 기능은 완벽한 삼각대다.

실로 오랜만에 얻은 휴가라서 정말 푹 쉬려고 했지만, 사진 찍을 생각에 신난 여자친구를 보니 또 마음이 그래서 내내 전용 '찍사'로 활동했다. 내 아이폰엔 여자친구 사진만 수백 장 쌓였고, 화보 같은 걸 꽤나 건졌다. 나중엔 따로 시간을 내서 삼각대에 아이폰 올려놓고 같이 투샷도 찍었다. 여자친구가 너무 좋아했다.

"너 지금 웨딩 촬영 생각했지? 안 돼."

여자친구는 어떤 대리만족이랄까, 어떤 예행연습이랄까를 하며 마냥 즐거워했다. 뭐 저렇게 쉽게 행복해지는 사람이 다 있나. 정말 예쁘다.

내 세상이 된 사람

피앙세와의
테스트 동거

결혼은 안 된다고 했던 나는 여자친구에게 먼저 청혼을 했다. 안 된다고만 하던 나는 퇴근하던 길에 갑자기 알았다. 나도 여자친구와 결혼을 하고 싶었다. 그래서 바로 차에서 전화를 해서 청혼을 했다. 나는 아직도 내가 청혼할 때 지나갔던 서울 마포구의 그 길목을 떠올린다. 그날 여자친구는 세상을 다 가진 사람 같았다. 나는 여자친구를 '피앙세'라고 부르기 시작했다. 결혼을 앞두고 피앙세와 나는 우리가 정말 같이 살 수 있는지를 한 달간 테스트해보기로 했다. 알고 보면 피앙세가 양말을 아무 데나 던져두는 사람이라 우리가 절대 같이 살 수 없을지도 모를 일이었다.

테스트 동거 첫날

피앙세가 재택 근태관리 시스템 접속 IP를 우리 집으로 바꿨다.

둘 다 재택하는 시간이 많기 때문에 당장 각자가 일할 공간으로서의 집을 재구성해야 했다. 우선 급한 대로 원래 식물을 놓았던 해 잘 드는 자리 한쪽을 비워서 집에 일할 수 있는 자리를 두 개 확보했다. 누구 책상이랄 것 없이 우선 내키는 자리에서 공유 오피스처럼 일해보기로 했다.

업무 특성상 비대면 미팅이 많고, 그 미팅에서 발화량이 절대적으로 많은 나와, 조용히 집중해서 읽고 듣고 쓰면서 일해야 하는 피앙세는 정말 이 집에서 같이 살 수 있을까? 아까 낮엔 끝이 보이지 않는 내 비대면 미팅을 피해서 피앙세가 노트북을 들고 밖으로 나갔다 왔다. 앞으론 내가 오피스로 나가서 일하는 시간이 늘어날 것 같다.

그나저나, 피앙세가 예쁘다.

둘째날. 집이 넓어졌다

'마마걸'인 나는 엄마를 붙잡고 미주알고주알 나의 동거 프로젝트에 대해 이야기한다.

"엄마, 이상해. 사람이 들어왔는데 집이 더 넓게 느껴져. 왜 그렇지?"

내 세상이 된 사람

"마음의 세상이 넓어지니까♡♡"

엄만 저 하트표는 어디서 구한 걸까? 동거 프로젝트에 대한 이야기를 듣고 둘이 작은 집에서 살면 좋을 것 없지 않겠냐고, 큰 집 구하기 전까지는 따로 사는 게 좋지 않냐고 말했던 엄마는 나보다도 더 기뻐했다.

이상한 일이다. 식물 놓던 책상을 비워서 재택근무 가능한 자리를 하나 더 만들었는데 그 공간이 더 넓어 보인다. 부엌에 둘이 북적대는데, 빛이 들어온 것처럼 밝아졌다. 침대는 이론적으론 반쪽이 되어야 하는데 더 밝고 따스하고 넉넉하며 포근해졌다. 나는 이게 공간 재배치와 정리의 힘이라고 생각했다.

피앙세는 사려 깊은 사람이다. 조용히 배려하고, 희생하지는 않는다. 그래서 햇살처럼 웃는다. 햇살이 집을 채우면 공간은 그 빛을 품는다. 그 빛을 머금은 두 사람이 행복하게 지낼 수 있다는 걸 확인받은 공간은 그만큼 알아서 넓어진다. 숲의 나무들처럼, 땅의 경계를 나누지 않고 공유하기 때문이다.

나는 더 큰 집에 살게 되었다.

셋째날. 술

술 마시고 있는데 새벽 1시 30분쯤 전화가 울렸다. 피앙세가 자다 깼는데 내가 아직도 집에 안 들어와서 걱정돼서 전화를 했다는 거다. 나는 거의 동틀 시간에 들어가서 잠들었다. 아침에 일어났더니 피앙세가 웃는다.

"미역국 끓여놨어. 일어나서 먹어요."

진한 국물의 바지락 미역국을 먹었다. 너무 맛있어서 두 그릇을 비웠다. 어떻게 국 끓여줄 생각을 했냐고 물었더니 피앙세가 기억나냐고 하면서 내 흉내를 낸다.

"언니가 들어와서 바로 눕더니, '나 건들면 토한다' 두 번 하고 그대로 잠들었어. 많이 마셨나 보다 싶어서 끓였지."

다음엔 내가 해장국 끓여줄게. 술 많이 먹고 들어와.

넷째날. 마트

피앙세가 마트에 가자고 한다.

"뭐 사고 싶은 거 있어?"

"집에 없는 거 적어놨어. 부침가루, 꿀, 종이호일, 포도씨유도 떨어졌더라구."

내 집 살림을 누군가 신경 쓰다니, 오랜만이다. 허허.

그래서 마트에 가는 중이다. 차에 앉아서 이 글을 쓰는데 옆에서 보던 피앙세가 한마디를 한다.

"피앙세 좋아. 계속 결혼 안 하고 피앙세 할까?"

그건 안 돼.

내 세상이 된 사람

7일째. 우리를 숨기기

오픈리 레즈비언으로 지난 20년을 살아온 나와 파트너가 되는 사람들은 늘 걱정을 한다. 본인의 존재가 주변 사람들, 특히 자신의 원가족에게 드러날까 봐. 가족에게 커밍아웃하지 않은 사람들에게 그 두려움은 상상 이상의 크기일 거다.

나는 피앙세의 걱정 앞에서 고통을 느낀다. 나를 다시 벽장으로 밀어넣을 수도, 피앙세를 벽장 밖으로 꺼낼 수도 없는 노릇이다. 피앙세는 나와 함께하는 세상에서 내 주변의 안전한 사람들과 맺는 관계가 행복하다 했다. 세상 사람 모두가 내 지인들 같다면!

나는 숨기지 않았기에 혐오와 고통을 감수했고, 그는 고통과 죄책감을 감수하며 자신의 존재를 숨겨야 한다. 문득 우리가 함께 지내며 누리고 있는 커다란 행복 앞에 닥친 불안한 미래에 대한 걱정이 너무 무거운 나머지 혼자 차에 앉아 울어버렸다.

오픈리와 벽장은 무사히 고난을 뚫고 살아낼 수 있을까?

9일째. 동성혼 축하받기

피앙세가 내 추천으로 동성혼에 대해 말하는 강의를 듣고, 연습도 했다고 한다. 이름하여 〈동성혼 말하기 3분 스피치〉.

피앙세는 거기 다녀와서 무척 기분이 좋아 보였다. 강의에서 들은 전략을 신나서 얘기해줬다. 우리가 공략해야 하는 타깃을 논리적으로 짚어줬단다. 그리고 결혼할 거라고 말했더니 크게 축하를 받았단다. 피앙세가 바깥에서 우리의 혼인에 대해 말한 건 처음이었고, 성소수자 관련 모임에 혼자 나간 것도 처음이었다. 거기서 자신의 결혼에 대해 첫 축하를 받은 거다. 얼마나 특별한 경험인가.

나도 주변 사람들에게 자주 축하받고 있다. 피앙세, 앞으로도 나가서 열심히 축하받아. 그리고 너의 안전한 원을 만들어.

10일째. 소파가 필요해

"안 돼."

나는 좁은 집에 가구를 더 들이는 건 안 된다고 했다. 피앙세는 작은 사이즈고 이미 다 재봤다며, 소파 놓고 싶은 자리에 가서 열심히 설명을 했다.

"폭이 아무리 좁아도 소파는 완전 두꺼워. 어디까지 튀어나오는데?"

피앙세가 딱 여기까지 나온다며 선을 그어 보여줬다. 진짜 택도 없다.

"사람은 어디로 지나다니게?"

"요로케 요로케."

내 세상이 된 사람

그 모습을 보고 소파를 안 살 수는 없었다.

11일째, 이웃들에게 피앙세를 소개하기

오늘은 매월 한 번 있는 거주자 회의날이었다. 사회적 거리 두기 지침 때문에 같은 건물에 살지만 온라인으로 줌(ZOOM)에 접속해서 만난다. 초반과 달리 안건이 별로 없어서 요즘은 수월한 회의. 참석률은 거의 100%다.

"안건 더 없으시면 제가 할 말이 있는데요……."

이웃들은 이미 피앙세의 존재를 인지하고 반갑게 인사를 해주고 있다는 말을 전해 들은 터였다.

"저 결혼해요. 그리고 오가다 이미 보셨을 제 파트너가 이사 들어오기로 했어요."

자신의 남편을 '짝꿍'이라고 부르는 한 분이 물었다.

"짝꿍분 소개 언제 해주시나요~"

말 나왔을 때 하는 거다 싶어 피앙세 의사를 잠시 물었다. 곧 피앙세는 모니터 앞에 앉아 모두에게 인사를 했다. 이웃들이 축하해줬다. 결혼식은 언제 할 거냐는 질문에 요즘 하는 고민들에 대해서도 말했다. 그리고 많은 분들을 초대하고 싶다는 이야기도 했다. 피앙세가 자리를 떠난 후 말했다.

"제가, 또 결혼을 하네요."

사실 이 건물을 설계하는 과정에는 전처가 함께했다. 우리는 당시 주택의 여러 가족 형태 중 레즈비언 부부라는 다양성의 형태 일부를 담당하고 있었다. 이 집에 입주하기로 결정했던 것 자체가, '법적 부부'가 아니라도 가족형 평수에 입주할 수 있다는 확인을 받았기 때문이었다. 함께 건축 워크숍을 하면서 아주 조금씩 이웃들 모두를 알아갔다.

나만 남았을 때도, 앞으로 한 건물에서 살게 될 이웃들에게 이혼 소식을 전하며 결국 혼자 들어간다고 말했다. 건물이 올라가고 있었다. 그 과정에서 나의 이혼뿐 아니라 다른 가족들에게도 변화가 있었다. 두 집에서 아이들이 태어났고, 입주 후 한 커플은 부부가 되었다. 이 집에선 여러 가족의 생애주기를 볼 수 있다. 안전하고도 따스하며, 적당한 거리에 있는 이웃들. 이제 피앙세와 내가 이 집에서 가족으로 살게 된다.

오늘은 한 친구가 혼인신고에 대한 이야기를 꺼냈다. 사실 해도 안 될 일이라 생각하고 염두에 두지 않았는데, 문득 왜 안 되냐는 생각이 들었다. 게다가 내가 혼인신고 안 해본 사람이냔 말이다.

14일째. 도시락

나는 대부분의 연애에서 상대를 먹이는 역할을 해왔다. 내가 해준 음식이 너무 맛있어서 행복해하는 사람들과 만났다 해도 과언이 아닐 정도로. 그래서 이번 연애도 그럴 줄 알았고,

내 세상이 된 사람

실제로 첫 1년은 그랬다.

동거를 시작하고 첫날부터 피앙세가 내, 아니 우리 냉장고에 관심을 갖기 시작했다. 먼저 장을 보러 가자고 하고, 자기가 원하는 재료들을 카트에 담았다. 나는 이 느낌이 무척 낯설었다. 자고로 살림이란, 내가 주도하는 것이었기 때문이다.

피앙세는 레시피북 몇 개를 갖고 식단표를 짰다. 피앙세의 요리는 내가 먹어본 것들과는 다른 자극을 주고, 신선한 재료로 만드는 건강식이다. 간이 약하고, 우엉이나 버섯같이 내가 좋아하는 재료들이 들어 있다. 손이 큰 나와 달리 요리는 딱 그때 먹을 만큼만 한다.

이번주 내내 사내 업무 워크숍이라 회사에 도시락 싸갈 거라고 했더니 피앙세가 월요일 아침에 먼저 일어나서 도시락을 준비해줬다.

오늘이 세 번째 도시락이다.

15일째. 대학원 징크스

"여자친구가 대학원 간대요……."

내 연애사를 잘 아는 사람에게 이 문장을 말했더니 이런 답이 돌아왔다.

"또요? 이거 연애 징크스 아니에요?"

피앙세는 나와 만나고 얼마 지나지 않아 대학원에 가겠다

고 했다. 지난 연애에서 거의 매번 그랬던 걸로 봐선, 인생의
전환점에 있는 사람들이 나를 만나거나, 혹은 내가 근미래에
대학원 갈 사람들에게 특히 매력을 느끼거나 하는 게 분명하
다. 이 징크스를 없애기 위해 이번엔 절대 직장인 여성과만 만
나겠다고 다짐한 터였고, 이미 그 목표를 이루었었다. 그런데,
아니나 다를까, 이번 여친도 또 대학원에 간 거다.

피앙세는 당장 대학원 갈 일이 걱정이었다. 대학원까지는
회사 퇴근하고 제시간에 도착하기엔 꽤 먼 거리였다. 회사 관
둘까 고민하길래 내가 기를 쓰고 말렸다. 그리고 어느 날 피앙
세가 활짝 웃었다.
"코로나 때문에 비대면 강의한대. 등교 문제 없어."

비대면 강의만 듣던 피앙세는 한 학기가 거의 끝나갈 무렵
답답함을 호소했다. 대학원에 간 건지 '인강'을 듣는 건지 모르
겠다는 거다. 그리고 사람들과 연결되고 싶고 업계 다른 소식
도 듣고 싶었는데, 그런 경험이 제공되지 않으니 휴학을 해야
하나 고민이라는 거다. 나는 한때 원생이었던 경험을 총동원
하여 조언했다.
"교수님께 면담 신청해. 교수님이 네가 필요한 네트워크를
소개해주실 수도 있잖아."

내 세상이 된 사람

피앙세는 교수님에게 박사과정을 영업당하고 왔다.

17일째. 정말 걱정하는 것

피앙세의 대학원 기말과제 제출 기간이다. 뭔가 마음이 불편해 보이길래 말을 걸었다. 맘에 걸리는 게 뭔지 물었다.

"흠…… 뭘까?"

"생각해봐. 뭐가 맘에 턱 걸리는지."

"생각해보니 어젯밤엔 언니랑 얘기를 많이 못 한 것 같아서…… 그게 생각나네?"

워커홀릭인 나는 지난 일주일을 버닝하고 집에 들어와서 씻지도 않고 옷도 안 갈아입고 그냥 잠들었다. 그게 문제라면 문제도 아니지.

"아, 나 어제 넘넘 소진돼서 바로 잤지. 나 옷도 안 갈아입고 잤잖아."

'ㅋㅋㅋ'와 함께 말하는 내 말을 피앙세가 듣너니 '그렇네, 그렇네.' 하며 활짝 웃었다. 하지만 뭔가 아직 근심이 남아 있는 것 같았다.

"아니야, 너 아직 더 있어."

"아직 있다구?"

"응. 마음에 턱 걸리는 게 또 뭐가 있는지 생각해봐."

처음에 피앙세는 학점 잘 못 받을까 봐 걱정이라고 했다.

하지만 몇 마디를 나누고 나니 피앙세 마음이 한결 가벼워 보였다. 좀 가벼워진 상태에서 내가 물었다.

"근데 너 오늘 과제 제출, 몇 시까지 해?"

과제 제출 얘기를 하다가, 오늘이 마감인 과제를 어제까지 내려다 좀더 제대로 하고 싶어서 오늘 더 하고 낼 거라는 말을 들었다. 나는 목표 시간을 정해두고 그때까지만 하라고 조언했다. 피앙세는 또 한결 마음이 가벼워 보였다. 조금 더 편해진 상태에서, 피앙세는 어제까지 내야 하는 과제 여러 개 중 두 개를 안 냈다는 얘기를 했다.

"그래서 교수님이, 두 개 오늘까지 내라고 하셨는데……."

"너 제대로 해서 내려고 과제 개수를 안 채웠다구?!"

"응……. 그러고 보니 나 그거 땜에 학점 걱정이 된 거네? 근데 그게 하루 만에 딱 되는 게 아니어서 하나만 해서 내려구."

"둘 다 내."

"응?!"

"과제는 퀄리티도 중요하지만 개수를 채워야 해."

"진짜?"

"어. 교수 입장에선 아무리 학생이 낸 결과물이 좋아도 점수를 줄 근거가 있어야 해. 얼른 가서 시작해. 둘 다 내. 시작!"

피앙세는 기말 과제를 하러 갔다. 기분이 무척 좋아 보인다. 하마터면 야근하고 들어온 자기 약혼자가 매일 그냥 잠들어서 속상한 사람 될 뻔했잖아, 이 과제 개수 안 채운 대학원생아!

19일째. 거짓말

사람들은 줄리엣이 로미오가 아닌 다른 누군가와 사랑에 빠졌다고 줄줄이 읊어대며 평생 숨어 사는 이야기보단, 차라리 둘이 아직 눈에 콩깍지 씌었을 때 죽어버리는 결말을 쓴다. 이루어질 수 없는 사랑 이야기들은 너무도 고통스러우며 아름답다. 하지만 이루어질 수 없는 연인들의 실제 삶은 지속되며, 그건 때때로 시궁창이다. 그래서 타오르는 여인의 초상처럼, 관계는 끝나지만 사랑은 계속되는 편이 나을지도 모른다.

그러나 피앙세와 나는 무려 결혼을 약속하면서 지속적인 관계를 꿈꾼다. 나는 내 결혼에 대해 말할 때 주로 축하받는 경험을 하지만, 최근에는 '꼭 결혼까지 해야 해? 그냥 둘이 같이 살면 안 돼?' 같은 말을 들었다. 평생 들을 법한 말이지만, 도대체 어디서부터 설명해야 할지 알 수 없는 질문이기도 하다. '그냥 숨어서 너네끼리 행복하면 안 되냐?'는 질문 앞에 대답할 수 없는 것과 같다. 질문부터 틀렸기 때문이고, 내가 할 수 있는 대답은 하나다.

"우리는 가족을 이루고 살기로 했어."

테스트 동거 프로젝트를 시작하면서 피앙세와 나는 초반부터 '가급적 부모님께 거짓말은 하지 말자.'라고 다짐했다. 거기엔 이유가 있었다. 성소수자로 사는 많은 사람들은 크고 작은 거짓말을 하며 산다.

전처는 '한국에 돌아와서마저 나리 집에 공짜로 얹혀 살 수 있는 이유'를 변명하기 위해 자기 부모님께 여러 가지 거짓말을 해뒀다. 어느새 나는 '고마운 친구'가 되어 있었고, 전처는 부모님이 해준 게 없어서 '미안한 자식'이 되었다. 전처가 만들어낸 이야기는 결국 그를 집어삼켰다. 전처의 부모님은 자식에게 미안해하며, 동시에 '나리한테 폐 안 되게 네가 처신을 잘하라'고 잔소리를 하시기에 이르렀다. 그리고 관계를 숨기기 위한 거짓말은 실제 우리 관계의 역학인 양 작용하기 시작했다. 적어도 전처에게는 말이다. 그래서 우리가 이혼한 이유의 팔 할은 우리가 한국에서 살아가는 성소수자이기 때문이라고, 이혼의 쓰라림을 곱씹던 어느 밤에 홀로 결론을 내렸다. 그리고 그것은 지독한 사실이다.

피앙세를 내 부모님께 정식으로 소개하고 며칠이 지나지 않아 엄마에게 전화가 왔다. 엄마는 피앙세의 어머님 입장을 생각하고 있었다.

"그쪽 부모님껜 말 안 하기로 한 거지? 나리는 모르겠지만, 부모 입장에선 정말 상처받는 일이거든. 사실 엄마도 너무너무 힘들었어. 엄마가 들어보니 그 가족은 아마 특히 받아들이기 힘들 것 같아. 왜 자식이 부모에게 모든 걸 말해야 해? 너네 행복하면 됐지. 그쪽 어머님께 상처드리게 될까 봐 엄마가 걱정이 돼. 엄마는, 처음 나리한테 들었을 때 그게 다 엄마 때문이라고 생각해서 괴로웠거든."

피앙세가 어머님의 걱정을 해소하려고 몇 가지 거짓말을 하는 걸 봤다. 피앙세는 자기가 거짓말을 하게 된 게 문제가 될까 봐 자기 탓을 한다. 나는 내가 오픈한 레즈비언이라서 피앙세가 받아야 하는 고통이 가중되는 건 아닐까 싶어, 내 자리에서 내 탓을 시작한다.

우리는 모두 자기 탓이 아닐까 고민하고 있다.

22일째. 당근했다

피앙세가 자기 집 가구를 팔기 시작했다. '당근'에다 올렸는데 누가 사 간다고 했단다. 나는 물었다.

"근데, 우리 우선 30일만 같이 살아보기로 한 거 아니었어?"

"데헷."

그렇게 피앙세가 웃었고, 우리는 그냥 쭉 같이 살기로 했다.

이사에 끝이 보인다

가전, 가구 등은 다 우리 집에 있어서 결국 피앙세 짐 부피의 대부분은 어마어마한 양의 옷과 책이다. 내 짐의 대부분이 온갖 버리지 못한 잡동사니라면 말이다. 이사를 준비하면서 피앙세는 내내 걱정했다.

"내 옷을 다 어디에 넣지?"

"언니는 다 계획이 있어."

"응? 어떤? 언니 옷 정리하게?"

"저 거실 붙박이장 열어봐."

"저긴 언니 잡동사니 창고잖아……."

내 잡동사니 창고는 처음부터 혹시 몰라 옷장으로 쓸 수 있게 설계했다. 옷걸이봉도 있고, 선반을 빼면 높이도 조절할 수 있고, 서랍을 만들어 넣을 수도 있게 만들었다. 이걸 정말로 옷장으로 쓰게 될 줄은 몰랐지만.

이사하려고 둘 다 미리 휴가를 냈는데, 그동안 내킬 때마다 짐이 조금씩 몇 번 오갔고, 그러면서 양쪽 집 구조도 조금씩 바꾸고 정리도 슥슥 했더니 계획했던 것보다 일이 훨씬 수월하게 진행됐다. 피앙세의 이사는 벌써 끝이 보인다.

"휴가 낸 날엔 뭐 할까?"

"할 수 있는 거야 많지!"

25년의 아이

몇 달 전, 남쪽의 해안도시에서 중학교 다닐 때 제일 친했던 친구를 우연히 동네에서 만났다. 열다섯 살에 인사도 못 하

내 세상이 된 사람

고 부지불식간에 떨어진 우리는 둘 다 40대의 부치가 되어 서울에서 같은 동네에 살고 있었다. 나는 몇 번이고 생각했다. 이게 도대체 말이 되는 우연일까?

친구는 이미 이 동네에 오래전부터 살고 있었단다. 나에게 가끔 술 한잔 하자고 연락을 해왔고, 종종 만나서 나는 급히 전학 가느라 더 이상 듣지 못한 다른 아이들 이야기며, 친구의 지난 연애 이야기, 친구 아버님이 이제 친구에게 얼마나 좋은 아버지가 되었는지 같은 이야기를 들었다. 그리고 25년간 우리는 아주 다른 결의 삶을 살아왔다는 것도 알았다.

그 친구에게 오늘 또 연락이 왔다. 맥주 한잔 하겠냐는 거다. 마침 피앙세 이사에 청소까지 대충 마치고 좀 출출했던 나는 친구와 피앙세가 만나도 좋겠다는 생각을 했다. 피앙세가 동의해서 우리는 처음으로 셋이 만났다.

나에게는 이미 소화되었기에 납작한 몇 개의 문장이 되어버려 피앙세에겐 어쩌면 아무렇지도 않게 들렸을 그 이야기들이, 내 삶에 있어선 가장 힘겨웠던 시기를 공유했던 친구와 나 사이에서 무용담 주고받듯 이어졌다. 친구는 나조차 기억하지 못하는 내 이야기들을 생생하게 기억하고 있었고, 나도 친구와 함께 퍼즐을 맞춰갔다. 피앙세는 마치 그 이야기들을 처음 들은 것처럼 놀란 모양이었다.

"나, 오늘 친구분과 언니가 나누는 얘기를 듣고 언니를 더 이해하게 됐어. 가끔 언니는 판단이 너무 빠르다고 생각했거든. 우리 사이에 그런 순간들이 있었잖아. 나는 그 속도를 영영 따라갈 수 없을 것 같았는데, 언니는 그럴 수밖에 없겠다는 생각이 들었어. 생명의 위협을 느낄 만큼 삶이 너무도 갑자기 바뀌었잖아. 난 그동안은 몰랐어."

나는 그 말이 고마웠다. 그리고 뭔가, 물론 나에게는 삶에서 무척 아팠던 시절의 이야기지만 피앙세가 생각하는 것만큼은 아니라는 말을 해주고 싶었다.

"내 친구 중엔 고아원에서 자란 애가 있었어. 많은 사람들이 고아원 출신이라고 하면 부모님 안 보고 싶냐고 슬픈 눈으로 묻는다는 거야."

"응, 그럴 것 같아."

"근데, 친구는 매번 이렇게 답한대. '그렇게 생각하시는 건 이해하지만, 저는 원래 부모님이 없어서 그렇게 그립지는 않아요. 물론 다른 사람들은 부모님이 있다는 걸 알기 때문에, 저도 쓸쓸할 때가 있지만, 그래도 그렇게 많이 힘든 건 아니에요.' 난 친구한테 맞장구를 쳤어."

나는 부모님이 있는 사람이지만 고아원에서 자란 내 친구가 했던 말이 무슨 뜻인지 단번에 알 수 있었다고, 나를 조금 더 알게 된 피앙세에게 말했다. 나도 그렇다고. 물론 내가 지금 아주 '멀쩡해 보이는' 사람들 사이에서 문제없이 교류하며 지내고, 또한 내가 사는 세상에 속하지 않는다는 느낌도 전혀 없지만, 한편으론 내가 아는 대부분의 사람들은 상상도 할 수 없을 경험을 갖고 살아왔다는 걸 모르지 않는다고. 그래서 내가 내 이야기를 시작하면 사람들이 어떤 반응을 보일지, 나는 어떻게 설명할지조차 학습되어 있다고. 또한 모두에게는 자신만의 전투가 있다는 걸 알고 있다고.

그런데 피앙세는 내가 아픈 적이 있었으니 내게 남은 오랜 상처의 자국을 보듬어주겠다고 했다. 어떻게건 지금의 나를 더 이해하려고 노력하는 이 사람은 오늘 내 25년의 아이를 마주했다.

나는 정말이지 더 이상 혼자가 아니었다. 수십 년의 긴장이 또 이만치 풀렸다.

사모님

집에 있다 보면 회사 얘기를 하게 된다. 피앙세는 나에게 전해 들은 우리 회사 사람들 모두를 좋아하고, 회사 사람들 플러스 알파들이 모여 만든 영화 제작 사이드 프로젝트에도 참여하기로 했다. 나는 피앙세를 놀리기로 한다.

"너 거기 가면, 회사 사람들이 사장 사모님 처음 보겠네."

"읽!!! 사모님?"

"사장 부인이 한국말로 사모님이잖아."

"앍!!! 벌써 사모님이라니!!!"

"싸모니임~"

왠지, 지르박을 밟고 싶다.

피앙세의 첫 출근

내일 피앙세는 새 회사로 첫 출근을 한다. 피앙세의 새 팀장은 무척 사려 깊은 사람 같아 보였다. 메일로 입사 준비를 차근차근 도와주는 모습을 보니, 피앙세의 일상에 좋은 변화가 시작될 것 같다. 내일은 내가 데려다주기로 했다. 피앙세는 무척 신나 한다.

내일 우리 회사에 오는 새 동료도 첫 출근을 한다. 나는 노트북을 세팅해놓고, 입사자의 적응 도움을 맡은 '온보딩' 담당자에게 남길 메모를 준비하고 있다.

피앙세와 내 새 동료 모두 첫날의 경험이 좋은 기억으로 오래 남기를. 그리고 일하는 사람으로서의 자기효용감을 잃게 되지 않기를. 좋은 동료를 얻기를.

대표님

첫 출근이라 피앙세를 회사에 데려다주기로 했다. 피앙세는 경력직 신입사원 같은 차림을 하고 집을 나섰다. 약간, 매우, 그리고 '억수로' 들떠 보였다.

내 세상이 된 사람

"으아아아아, 나 지금 가면 대표님도 뵙겠네? 어떡해!"

대표님? 그게 너무도 내 이름이 되어버린 터라 도대체 뭐가 그렇게 으아아아아이고 뭐가 어떡해인지 물었다.

"그야 나를 좌지우지하는 게 대표님이니까."

"그 정도야? 아니, 대표도 그냥 사람이라구."

나는 피앙세 보호자 같은 심정으로 시동을 걸다가 어느덧 보지도 못한 어느 대표에게 감정이입을 하고 있었고, 생각의 흐름은 어느새 내 회사로 향하고 있었다.

"피앙세, 내 동료들도 내가 어려울까?"

"아무래도 대표님이니까 그렇겠지?"

맞다. 나도 직장 다닐 땐 대표님이 신경 쓰이곤 했다. 대표님의 한마디가 나에게는 큰 영향이었다. 어떨 땐 회사에서 가장 좋아하기도, 또 가장 원망하기도 했다. 그래서 어려웠다. 그러고 보면 다른 동료들과 달리 대표님이라는 존재는 괜히 조금 더 긴장되는 게 있었는데, 난 애서 아닌 척하려고 했다. 음, 근데 출근 첫날에도 대표님이 제일 신경 쓰이는구나. 우리 회사에도 오늘 처음으로 출근하는 동료가 있었기에 약간 더 긴장이 됐다.

오늘 하루는 무척 바빴다. 내가 대표고 뭐고, 너무 바빴다. 월요일이었다.

퇴근길에도 피앙세를 픽업해서 데려왔다. 첫날의 긴장감

으로 방전된 피앙세가 좀비처럼 차에 타더니, 이내 텐션이 높아졌다. 내가 알던 그 사람이 아닌 것 같아서 너무 웃겼다. 피앙세의 첫마디는 내 기억으론 이거였다.

"나 연차가 너무 적어, 힝."

"알다시피 우리 회사는 연차 많아."

역시 직장인에게는 대표가 어떤지보다 중요한 건 연차의 개수다.

가족에 대하여

회사에서 코로나 확진자가 나왔다. 피앙세 출근길 데려다주는 길에 소식을 들었고, 우리는 바로 차를 돌려 검사소 방향으로 향했다. 그리고 가는 길에 회사 전원에게 공지하고, 검사 받고 채팅방에 올려달라 부탁하고, 접촉한 클라이언트들에게 연락하고, 놀란 피앙세를 안심시켰다. 검사가 끝나자 피앙세는 자가격리가 될지도 모르니 '집'으로 가겠다고 했다. 피앙세는 급히 짐을 싸서 피난 가는 사람처럼 나갔다.

나는 혼자 남아 하루 종일 오늘 일정을 조정하고, 회사 코로나19 매뉴얼을 보강해서 가동하고, 사람들에게 설명하고, 안 되고 있는 일을 되게 만들고, 그랬다. 그러던 중 역학조사팀에서 전화가 왔다. 나는 '확진자'와 식사를 한 적이 있어서 통화를 통해 밀접 접촉자로 확정되었고, 여러 질문을 받았다. 거

내 세상이 된 사람

기엔 함께 사는 가족이 있냐는 질문이 있었다.

나는 나 레즈비언이라고 온 세상에 떠벌리고 다니는 사람이다. 어쩌면 그게 내 보호막일지도 모를 만큼. 그런데, 내가 같이 사는 '동성 가족'이 있다고 지금 말하는 순간, 그게 누구인지 모두 밝혀야 하는 상황이 되니, '여자친구'나 '파트너', '동거인' 같은 단어가 나오지 않았다. 나는 말했다.

"친구인데요……."

조사관은 말했다.

"아, 친구요. 가족 아니면 상관없습니다."

나는 상관없다는 조사관의 말에, 피앙세는 통과되는 건가 싶어서 순간 약간은 기뻤다. 이 통화를 마치고 회사 비대면 전체 회의에 바로 참여해야 해서 들어갔다. 그리고 방금 역학조사관과 통화한 여러 내용을 공유하다, '가족'에 대한 질문에 대해서도 이야기했다. 그러다 나도 모르게 갑자기 울음이 터졌다.

회의를 겨우 마치고 피앙세에게 전화했다.

"응, 나 자가격리해야 하구, 그리고 같이 사는 가족 있냐 그래서 친구라고 했더니 그냥 넘어가더라."

피앙세가 듣더니 안도의 목소리로 잘했다고 했다.

오늘 하루는 정말 정신없이 바빴다. 회사 대표인 나는 버텼는데, 레즈비언 가족의 일원인 나는 결국 많이 울었다.

엄빠의 사랑 까꿍까꿍

우리의 우려와 달리, 본가로 간 피앙세는 '엄빠'의 관심과 사랑, 맛있는 것, 그리고 가방 선물까지 받고 행복한 시간을 보내고 있다.

나도 지금 내 본가로 가는 길이다. 엄빠가 나 케어해주려고 벼르고 있다.

세상에 우리밖에 없는 것 같은 순간에 돌아보면 우리 각자에겐 원가족이 있다. 피앙세와 나는 엄빠에게 잘하자고, 우리는 엄빠 없인 안 된다고, 꼭 효도하자고 다짐한다.

취향 차이

TV 틀어놓고 보면서 수다를 나누는데 문득 피앙세가 신난 표정이 돼서 물어본다.

"언니도 올림픽 잘 모르는구나!"

"응, 뭐 크게 관심 없지. 왜?"

"우리 집은 올림픽에 엄청 열광하는데, 나는 관심 없어서 대화에 못 끼거든."

피앙세는 이런 내가 좋다며 얼굴이 빨개지도록 웃으며 좋아한다. 나는 얻어걸린 이 우연에 괜히 기분이 좋다. 그래, 우리는 이런 취향마저 같지. 우리는 취향이 아주 똑같다.

오늘은 날씨가 좋아서 어디를 갈까 계속 고민하다가 결국

내 세상이 된 사람

내가 가자던 한적한 섬에 갔다. 사람 많은 데 가는 걸 질색해서, 섬에 가는 시간조차 남들이 안 다니는 시간으로 조절해서 갔다. 원래 피앙세는 다른 곳에 가고 싶어 했다. 그래서 물었다.

"다음엔 너 가고 싶은 데로 가자."

"괜찮아. 난 언니 가고 싶은데 같이 가는 것도 좋은걸. 그리고 내가 가고 싶은 데는 보통 사람이 많아."

"사람 많아도 괜찮아. 너랑 같이 있으면."

피앙세는 로맨틱 드라마를 좋아해서 요즘도 드라마 하나를 '본방사수'하는데, 나는 그 옆에서 존다. 그리고 사람 많이 죽는 드라마가 나오면 눈을 반짝이면서 정주행하고, 피앙세는 어느덧 잠들어 있다. 같이 살 집을 알아볼 때도 그렇다. 피앙세는 아파트파, 나는 주택파다. 야외활동도 그렇다. 나는 자전거 타고 뛰고 날고 하는 걸 좋아하는데, 피앙세는 내가 좋아하는 액티비티 모두를 무서워한다. 처음엔 징검다리도 못 건너는 이 사람과 만나야 하나 고민했을 정도로.

그런데 같이 지내다 보니 피앙세가 드라마 보고 싶다 그럴 때 보면 되는 거고, 아파트에 왜 살고 싶은지 물어보고 같이 얘기 나누면 되는 거고, 징검다리 못 건너면 내가 손 잡아주면 되는 거고, 뛰는 거 싫어하면 나만 뛰었다가 돌아오고 또 뛰어가기를 반복하면 되는 거였다.

그래서 우리는 취향이 진짜 똑같다.

저녁은 밖에서 먹고 들어갈게

누군가와 같이 산다는 건, 퇴근길에 전화해서 이런 질문을 할 사람이 있다는 것인지도 모른다.

"우리 오늘 저녁 뭐 해 먹을까?"

나는 냉장고에 유통기한이 무색한 마트발 먹거리들이 꽤 들어 있다는 걸 알고 있다. 요새는 내가 퇴근이 무척 늦어서 피앙세가 저녁밥을 해주는 날이 많았다. 그런데 피앙세는 오늘부터 다이어트를 시작했다며 저녁을 안 먹겠다고 했다.

"그래, 근데 난 뭐 먹지? 고민이네. 냉장고 털어야 하는데."

"언니 밥은 내가 해주지~!"

나는 밥 해준다는 말에 약간 신나서 냉장고에 뭐가 있는지 얘기하기 시작한다. 퇴근길에 운전하면서 통화로 약간의 수다가 이어지는데, 순간 피앙세가 어느 틈에 그런다.

"언니언니, 근데 나, 9시까지 마감 있어서 그것부터 얼른 하고!"

아, 피앙세는 오늘 일감을 집에 들고 퇴근했나 보다. 그럼 내가 가서 대충 챙겨 먹으면 되겠다 싶었는데, 나도 모르게 이런 말이 튀어나왔다.

"응, 마감 있구나. 그럼 나 저녁은 밖에서 먹고 들어갈게."

"정말? 고마워!"

난 왜 저녁은 밖에서 먹겠다는 거고, 피앙세는 뭐가 고맙다

는 걸까? 친구에게 전화해서 이 상황을 한참 얘기하면서 주차
장에 차 대놓고 집 앞 백반집에서 김치찌개를 먹었다.

같이 산다는 건, 부담 주기 싫은 건, 해주고 싶은데 배려해
줘서 고맙다는 건, 도대체 뭘까?

피앙세 엄마의 김치

"맛있지? 울엄마 김치 잘 담가."

"이건 맛있지 정도가 아닌데?! 이걸 그동안 안 받아 먹었다
구?!"

나는 피앙세에게 마치 아이처럼 속삭이며 말했다.

"너네 엄마, 이제 내 꺼야."

"안 돼, 울엄만 내 꺼야."

"몰라, 그럼 짝사랑할 거야."

"안 돼!"

"그건 왜 또 안 돼?"

"엄마가 언니 사랑하게 되면 나한테 오는 엄마 사랑이 줄
어들 거 아니야."

별 걱정을 다 한다, 진짜.

아파트

결혼은 준비할 게 참 많다. 그리고 피앙세와 엄마의 생각은

종종 나와는 아주 다르다. 사실 그 둘은 신기하게도 같은 의견이다.

오늘 퇴근길엔 엄마 요청으로 '신혼집'에 대한 논의를 했다. 최근 나는 피앙세와 논의해서 지금 사는 집에 방을 하나 더 만들기로 했고, 관련해서 경험이 더 많은 엄마가 인테리어 업체를 찾아주기로 했었다. 그런데 오늘은 그러는 거다.

"그 집엔 더 투자하지 않는 게 좋겠어."

엄마는 내가 아파트를 사야 한다는 결론을 내렸다. 엄마는 우리 집이 둘이 살기에는 좁다고 말해왔다. 엄마 생각을 쭉 들은 나는 내가 알아본 숫자들과 내 고민의 결과를 말했다. 나름 엄마를 잘 설득하고 집에 돌아와서 피앙세에게 이야기를 했다.

"나는 언니 어머님 말씀대로 하는 게 좋은 것 같아."

피앙세는 내가 아파트를 살 경우 얻을 이익에 대해서도 말했다. 하지만 나는 말도 안 되게 치솟은 이 동네 아파트 가격에 미래자산까지 모두 끌어서 투입하는 그 모델이, 지금 내가 살고 있는 토지임대부 사회주택이 나에게 주는 안정감조차 넘어서지 못한다는 생각을 갖고 있다. 하지만 피앙세는 아파트 소유가 가진 자산적 안정 가치를 어려서부터 자연스럽게 보고 배워서 경험하고 받아들인 사람이고, 엄마는 이제 가족이 되기로 한 이상 내가 피앙세에게 맞춰야 한다는 입장이다. 엄마

내 세상이 된 사람

는 내가 그래야 피앙세와도, 그리고 피앙세가 자신의 부모님과도 좋은 관계를 유지할 수 있다는 판단인 거다.

나는 엄마와 피앙세 의견이 같다는 걸 두 사람 모두에게 전했다. 그리고 고민의 공을 넘겼다.

애칭

피앙세가 남들은 귀여운 애칭도 불러주고 그러는데, 언니는 이상하게 부른다고 볼멘소리를 했다. 나는 귀여워서 놀리느라 그랬는데, "남들은 '아기' 이런 걸로 부른단 말이야." 이런다.

"하지만, 이미 '아기', '이뿌니' 이런 건 다 우리 고양이 별명이잖아."

"흠, 그렇네."

그래서 웃긴 애칭 몇 개를 불러가며 몇 번을 더 놀리다가, 장난삼아라도 절대 입에 평생 한 번도, 여자 어린이들에게도 절대 해준 적 없는 단어를 내뱉었다.

"공주님?"

"꺄아."

진짜 좋아한다. 아니 왜? 그럴 리가. 나는 그럴 리가 절대 없다는 의심을 잔뜩 품고 반신반의하며 물었다. 설마 그럴 리가 없었다. 난 어릴 때부터 누가 날 그렇게 부르면 화를 냈다. 공주라니, 뭔가 괜히 기분 나쁘잖아.

278

"너 설마 공주님이 진짜 좋은 거야?"

"응, 그러엄. 좋지~ 언니가 최고야."

"잠깐, 내가 공주님 좋아하는 여자랑 결혼을 한다고?"

"응, 왜에~?"

"아니야, 공주님."

이렇게, 피앙세는 공주님이 되었다.

결혼

우리는 자주 시 외곽으로 나간다. 내가 한적한 곳을 향해 운전하는 걸 좋아하기도 하고, 피앙세는 까페 가는 걸 좋아하기 때문이다. 이번 까페는 양주에 있었고, 한 시간 반쯤이 걸렸다. 우리에게는 나란히 앉아 대화할 시간이 생겼다. 피앙세 회사에서 결혼식 얘기가 나왔다고 한다. 공장형과 호텔, 그리고 직접 설계하는 결혼식의 종류에 대해 누군가가 좔좔 읊어줬단다. 피앙세는 신나 보였다.

"언니언니, 우리는 결혼식 외국 가서 하는 건 어때요? 그 '언니, 나랑 결혼할래요?' 그 사람들처럼. 로맨틱한 것 같아."

처음 결혼했을 때 나는 살던 곳이긴 했지만 어쨌든 '외국'에서 결혼식을 올렸다. 그러고 보니 나는 대략 지금 피앙세 나이였다. 독일에는 우리가 결혼할 수 있는 제도가 있었기 때문에, 나와 전처는 아주 쉽게 구청 예식장에서 구청이 지정해준

내 세상이 된 사람

주례 앞에 서서 식을 올렸다. 나는 피앙세에게 대답 대신 질문을 던졌다.

"근데 그 사람들은 왜 외국 가서 결혼했을까?"

물어보니 피앙세는 '외국'에서 주는 '혼인확인서'에는 당장 큰 관심이 없었다. 결혼이 주는 로맨틱한 상상에 행복한 것 같았다. 그래, 그렇게 로맨틱한 결혼식을 꿈꾸고, 치러내고, 그냥 같이 살면 될 것 같은데, 그걸 이미 겪어본 나는 생각이 많아졌다. 그런 나에게 피앙세는 차분하게 자기 생각을 말해줬다.

"나도 생각을 해봤어요. 지금 당장은 어렵지만, 새 친구가 생기면 언니부터 소개하고 싶었어. 그렇게 주변에 함께 아는 사람들을 만들어가고 싶어. 그리고, 생활동반자법이 생기면, 그러면 사회도 내 가족의 생각도 달라질 거라는 기대가 있어요."

나는 나의 성정체성을 드러내는 것으로 내 바운더리를 지키며 살아왔다. 피앙세에겐 드러내지 않는 것이, 나에게는 드러내는 것이 보호막이다. 서로 많이 다른 사람들이기에, 용기 내서 각자가 가진 생각을 나누는 순간들이 중요하다. 나는 물었다.

"근데, 너는 왜 나랑 결혼하고 싶어?"

피앙세는 말했다.

"몰라, 언니랑 있으면 편해. 언니는?"

"나도 그래."

피앙세를 많이 사랑한다.

병따기 부심

피곤한데 잠은 안 오길래 대형 마트에 장을 보러 갔다. 우리의 목적은 유한락스 욕실용 1+1과 원두, 그리고 내일 도시락 쌀 찬거리를 조금 구해 오는 거였다. 하지만 뭔가 서운해하던 우리는 결국 술 코너로 갔다. 피앙세는 술을 즐긴다. 나는 말했다.

"맥주야 뭐, 편의점 가면 네 캔에 만원 널려 이."

까지 말하고 나의 손은 바이엔슈테파너 병으로 향했다. 매대에 단 세 개가 남아 있었다. 병을 열심히 카트로 나르는 나를 보면서 피앙세가 무슨 일이냐는 표정을 짓길래 말했다.

"이건, 발견하면 '팔아주셔서 감사합니다.' 하고 싹 쓸어와야 해."

피앙세는 입으로 나지막이 '바이엔슈테파너' 하며 외우듯 읊조리고 있었다. 그 모습을 보며 지나가려는데 코로나 '병맥'이 보였다.

"여기 병목에다가 레몬 한 조각씩 썰어넣고 또 계속 마시면 기가 막히지, 크~!"

피앙세는 반색을 하며 말했다.

"우리 레몬 있어!"

우리는 코로나 맥주도 다섯 병을 집었다. 다섯 병에 9천 원이었기 때문에 어쩔 수 없었다.

내 세상이 된 사람

"그럼 할 수 없이 할루미 치즈랑 소시지를 사야 하지 않을까?"

"응, 그렇지."

우리 '예비 부부'는 술과 안주의 주제 앞에선 늘 대동단결한다. 나는 가끔 어떤 인생의 동지를 얻은 것 같은 느낌을 받곤 한다.

장바구니 두 개를 가득 채워서 차에 싣고 집으로 향했다. 피앙세가 잊은 게 있다는 듯 말한다.

"헐! 언니! 근데 우리 병따개 없지 않아?"

나는 웃는다. 나의 '부심'이 발동한다.

"야, 너는, 너의 예비 부인이 누군데, 어? 맥주병은 핸드폰으로도 딸 수 있어."

안도하며 좋아하는 피앙세에게 계속 부심을 부린다.

"언니가 어? 능력은 없어도 어? 평생 우리 피앙세 맥주병 다 따줄 수 있어. 그게 내 재능이야."

나는 피앙세에게 하늘의 모든 별을 따줄 수는 없지만 세상의 모든 맥주병은 다 따줄 수 있는 언니다.

큰이모가
너 누구랑 결혼하는지 모르던데!?

엄마는, 나더러는 큰이모한테 결혼하고 나서 말하라더니 결국 자기 입으로 말한 모양이다.

"큰이모가 너 누구랑 결혼하는지 모르던데?"

심지어 이모는 내가 내 전여친 중 누구와 결혼하는지 궁금해하며 이름을 나열했다고 한다.

"이모는 우리 나리가 그 사람이랑 결혼해서 너어~무 행복하대~! 이모가 제에~일 맘에 드는 사람이래!"

엄마는 분명 친척들한텐 여자랑 결혼한다고 말하지 말라고 하고선, 결국 본인 입으로 다 말해서 갑자기 모든 친척이 처음으로 알게 되었다. 친척들에게서 아닌 밤중에 연락이 쏟아진다. 그 와중에 둘째이모 딸인 내 사촌언니의 남편에게서 전해진 궁금증이 접수되었다.

내 세상이 된 사람

"형부는 패밀리 모임 때 자기가 누구랑 술을 먹어야 하는 지 궁금해하고 있어. 그리고 형부가 결혼 정말 축하한대!"

나는 형부의 주량을 파악한 후 적당한 메이트를 배정해주 었고, 모두가 만족할 자리 배치를 해주겠다고 약속했다.

결혼식 준비

웨딩 플래너를 찾아서

우리는 '날'을 잡았다. '피앙세'라는 지칭의 유효기간도 정해졌다. 우리가 만난 지 2년 되는 날을 그날로 잡았다. 외우기 쉽기 때문이라는 게 이유다.

우리는 아주 작은 결혼식을 하기로 했다. 마음 같아선 모든 지인과 일가친척들을 다 초대하고 싶지만, 끝날 기미가 영 보이지 않는 팬데믹 상황과 성정체성을 오픈하지 않고 살아가는 피앙세의 입장을 고려해서, 피앙세가 안전함을 느낄 수 있는 정도의 규모로 준비하기로 했다.

피앙세는 '노션'에 〈결혼식〉 페이지를 만들었다. 또한 겨울에 계획했던 중요한 일정을 취소하고 결혼 준비에 집중하겠다고 했다. 웨딩드레스 맞출 시점부터 계산하는 모습을 보고, 저런 건 어디서 배운 걸까 싶어서, 역시 사람은 재능과 관심이 모두 있는 일을 잘하는구나 싶었다.

나는 방역수칙에 대한 것들을 알아봤다. 우리 결혼식에 결혼식 기준이 적용되는지, 아니면 사적 모임으로 보는 것인지가 궁금해서 문의했는데, 소극적이고 모호하며 보수적인 답변을 받았다. 친구 말로는 내 질문부터가 잘못됐다는데, 아마 난 한국 사람 다 되려면 아직 멀었나 보다. 이 이야기를 듣던 다른 친구가 제안했다.

"요즘 LGBT 전문 웨딩 플래너들도 있어. 방역수칙 관련된 거까지 업체에 다 맡겨."

역시 서비스는 법보다 먼저 움직인다. 한국에 성소수자 웨딩 서비스 시장이 있을 거라는 걸 미처 생각하지 못했던, 그리고 독일에선 뭐건 셀프로 하며 살아냈던 나는 친구에게 외쳤다.

"천재니?"

전문 웨딩 플래너를 찾는다는 글을 소셜미디어에 올렸더니 사람들이 열심히 공유해줬다. 시간이 얼마 지나지 않아 쪽지로 아는 분을 연결해주겠다는 이야기도 들어오고, 또 글을 본 다른 업체에서도 연락이 왔다. 이제 연말 동안 몇 군데 문의해보고 업체를 결정할 생각이다.

우리 정말 결혼하나 보다.

근데 난 결혼식 때 뭐 입지?

엄빠가 온다

그래, 나는 생각이 좀 복잡했다. 이미 엄마가 피앙세를 가족으로 받아들였고, 아버지 환갑 때 처음으로 초대받아서 부모님께 인사를 드렸고, 우리 농장과 엄마 회사 근처 본가 두 곳에도 두 번이나 초대됐다. 하지만, 난 전처와 이혼했고, 아직 법적 절차를 마무리해야 하고, 이 상황에서 엄마가 '한국서 무슨 결혼식이냐, 너희끼리 잘 살면 되지.' 같은 말을 할 수 있다는 생각을 했다. 결론부터 말하자면, 그건 단지 기우였다. 결혼식에 참석할 수 있느냐고 내가 조심스럽게 물었을 때 엄마는 말했다.

"아니, 그럼 너 결혼하는데 엄마아빠가 당연히 가야지!"

나는 긴장이 풀렸고, "진짜? 정말?" 하며 기뻐했다. 나도 내가 이렇게 기쁠지 몰랐다.

"안 그래도 엄마아부지는 우리끼린 이미 그 얘기 다 했어. 쟤네들 결혼시켜야 하는데, 그럼 우리도 가야지 하면서. 내 딸 결혼식인데, 우리가 당연히 가야지."

나를 감동시킨 엄마는 갑자기 본격 준비 모드가 되었다. 난 구체적인 계획에 대해 아직 아무 말도 하지 않고 있을 때였다.

내 세상이 된 사람

"신부 쪽 부모님 못 오시는 건 그분들 결정이고 입장이고 삶인 거야. 신부 쪽 이런 거 나누지 말고 준비해. 에리는 난감할 수 있어."

"네!"

"너네 3차 접종 시기는 결혼식 일정 이전에 있어?"

"네!"

"코로나 상황 있으니까 아직 결혼식 날짜는 픽스하지 말고 오픈해둬."

"넹… 근데 일정은 잡아놔야 준비를 하니까."

"그래도 아직 픽스는 하지 마."

"넹… 근데 워낙 소규모로 할 거라. 식사 없이."

엄마는 '식사 없이'를 듣고 숨을 고르더니,

"잠깐, 여기서부터 엄마 생각을 말해볼게. 들어봐."

하며 당신의 딸은 외국에 오래 살아서 모를 거라 가정한 한국인의 정서에 대해 약 2분간 설명했다.

"그래서 하객들 식사 대접은 꼭 해야 하는 거야."

"넹."

우리 엄마라서 이 통화가 어디까지 갈지 대략 짐작이 됐다. 엄마는 지금 오픈리+클로짓 레즈비언 커플 전문 웨딩 플래너가 될 참이었다. 나는 엄마를 잠시 멈출 필요가 있었다.

"엄마! 나 엄빠가 와서 너무 기뻐! 진짜 행복해!"

"응, 그러엄~!"

"우리가 계획 러프하게 짜놓구, 엄마 의견 다시 물어가면서 준비할게요~!"

"응응, 그래야지."

"응~ 또 연락할게~~!"

엄빠가 온다. 엄빠가 내 결혼식에 오다니 너무 행복하다. 첫 결혼은 그렇지 않았다. 그리고 내 두 번째 결혼식은 당초 계획보다 큰 프로젝트가 되어가고 있다.

결혼이라는 보편적인 것

엄마는 피앙세 드레스를 같이 고르러 가주기로 했고, 나에겐 우리 집과 친척들이 계속 거래해왔다는 테일러를 소개해줬다. 난 여자로 자라서 '남성복' 테일러에 관심을 가진 적은 없는데, 엄마는 두 곳을 거래하는데 한 곳은 너무 남성 전용이고, 다른 곳은 젊은 사람들 감각에 맞춰서 해달라는 대로 해주는 곳이니 그곳에 가자고 했다. 엄마는 결혼에 있어 이미 전문가다.

엄마, 피앙세, 나는 끝도 없는 결혼식의 준비에 대해 이야기했다. 본식은 하우스 웨딩으로 하려니 업체 여러 개를 껴야 해서 복잡하길래 디렉팅에 꽃장식, 본식 촬영에 케이터링까지 기본으로 챙겨주는 곳에서 하기로 했다는 말을 엄마에게 전했고, 예물은 우리가 갖고 싶은 게 세상에 6천만 원이 넘길래 다른 데서 맞추기로 했고, 이제 새로 배운 그 단어 '스드메'는 어떻게 할 건지를 말했다. 그러다 웨딩 촬영 콘셉트도 말하고, 엄마는 너네가 야외 촬영을 하더라도 스튜디오는 꼭 해야 한다, 그게 제일 오래 다시 보게 되는 거다, 한복도 맞춰야지, 같은 말들을 했다. 엄마가 말했다.

"한복은 해야지."

우리는 한복까진 생각하지 않았다. 아니, 웨딩플래너의 리스트엔 '디폴트'로 있었지만, 자연스럽게 '스킵'했다고 하는 게 낫겠다. 나는 여성용 한복을 원하지 않고, 그렇다고 남성용 한복을 입고 싶지도 않다. 예복으로서의 한복이 아니더라도, 어차피 살면서 바지로 된 개량 한복을 입을 일도 없다는 생각이다.

한복 이야기가 나오고 엄마 말이 빨라졌다. 엄마는 아니다 싶으면 말이 빨라지는 경향이 있다. 엄마는 급하게 준비하지 말고, 정말 결혼식 이렇게 하고 싶은지 생각해보라고, 결혼식 벌써부터 픽스할 게 뭐냐고, 결혼식 전날에도 엎어질 수 있는 거라고, 남들 하는 거 너네는 다 안 따라 해도 된다고, 피앙세는 정말 결혼식 본식까지 다 하는 거 원하는 거냐고, 요새는 촬영만 하고 가족끼리 식사만 하는 결혼식도 한다고, 아주 빠르게 말을 했다.

나는 이상하게 눈물이 났다. 정말 이상했다. 우리는 울고 불고 싸우고, 엄마는 성소수자의 시옷도 말하지 않았지만 뭔가 한복 이야기하다 말이 빨라진 엄마가 미워서, 성소수자가 어쩌고 내가 당사자네, 엄마는 이해 못 하는 감정이 있네, 우리는 성소수자지만 보고 배운 게 이 수많은 보편성이라서 해보고 싶은 로망과 우리 방식만으로 또 해보고 싶은 마음이 있는 거네 하며 울고, 엄마는 내 말을 계속 끊으며 내가 자식을 잘못 키웠네 하며 화를 냈다. 그리고 아버지까지 동원돼서 얘기하다가 한 시간 정도 있다가 화해했다. 서로 사랑한다 하면서.

나는 왜 울었을까. 뭐가 속상했을까. 집에 와서 피앙세에게 말했다.

"나 결혼 전에 마음이 싱숭생숭한 신부 할 테니까, 넌 예쁜 신부 해."

"언니 결혼하는 거 불안해?"

"아니, 나는, 헤테로 섹슈얼에 맞춰진 이 결혼식을 결혼 시장 안에서 준비하다 보니, 네가 예쁜 신부가 되고 싶듯 나도 모르게 자꾸 신랑이 되고 있는데, 놀랍게도 내가 신랑이 아니라서 자꾸 화가 나는 것 같아. 나 '예랑 커뮤니티' 들어가서 턱시도 핏 살피고 있다가 거울 보면 인지부조화 오고 그래. 너는 신부인데 나는 뭘까? 나도 신부인데, 신부 싫어."

"아하, 언니는 부치니까, 부랑?"

내 세상이 된 사람

"오, 아니야, 난 부치라서 신부!"

"오! 우리 둘 다 신부!"

결혼이라는 보편적인 이분법의 세리머니에서 이분법이 아닌 존재임을 경험하고 있다. 그리고 우리는 이 보편적인 질문과, 감정과, 행복을 모두 느낀다.

'결혼'이라는 건 어릴 때부터 보고 자라서, 성소수자로 살아온 피앙세에게도 나에게도 무척 특별하다. 이미 함께 살고 있는데도, 어차피 법제 혼인은 못 하는데도, 우리는 결혼식을 준비하면서 괜히 소파 커버를 바꾸고, 이부자리도 신혼부부 세트로 맞췄다.

우리는 결혼이라는 이 보편적인 것으로 향하는 모든 걸음에서 새롭게 사랑을 확인한다.

'저 결혼해요.'라고 말하기

피앙세가 회사에 결혼 소식을 알렸다. 나는 사회에서 '기혼'으로 사는 경험을 피앙세에게 말했었다. 그걸 듣고 피앙세는 오래 고민하고 망설이다, 결국 '혼인한 사람'으로 살아가기를 결정했다. 회사에서 정말 많은 축하를 받았다고 한다. 무척 행복해 보인다. 피앙세는 회사에 내 성별을 밝히지는 않았지만, 거짓말하고 살고 싶지 않다고 말했다.

"저 결혼해요."

이 말은 마법의 문장이다. 사람들은 결혼하는 사람을 진심으로 축하해준다. 직장에서 자신을 드러내지 않고 사는 성소수자 대부분에게는 꿈같은 일이다.

피앙세가 회사 사람들에게 줄 용도로 주문한 청첩장이 도착했다. 참 예쁘다. 요즘은 코로나 때문에 식장으로 초대하지도, 축의금을 바라지도 않는 청첩장을 회사에 돌리는 게 문화라고 한다.

김나리는 너무 대놓고 여자 이름이라, 내가 독일에서 쓰던 미들네임을 청첩장에 적었다. 그 청첩장에는 '신랑신부' 같은 표현이 없다.

"그래도 언니 이름을 쓰고 싶어. 거짓말하고 싶지 않아서. 그리고 언젠가는 회사 사람들에게 언니랑 결혼했다고 말하게 될 수도 있고."

회사 사람들에게 청첩장 나눠줄 생각에 피앙세는 신났다. 작은 변화를 위한 용기를 내고, 그 기회가 주어짐에 감사해하고, 또 이토록 기뻐할 수 있는 이 사람의 마음에 나도 함께 행복해진다. 축하해, 결혼한다는 말을 동료들에게 처음으로 한 너를.

그럼 우리 같은 사람들이 많다는 걸 알게 되겠다

결혼식의 꽃장식은 참 예뻤다. '피앙세'가 '와이프'가 된 날, 아버지가 성혼선언문을 낭독하자 나도 모르게 펄쩍 뛰며 환호성을 질렀다. 많은 친구들과 지인들, 가족들과 반나절 동안 결혼식을 함께했다. 사람들은 이상하게 눈물이 나더라는 말을 하며, 오래도록 기억될 아름다운 결혼식이었다고 했다. 나는 결혼식은 밥으로 기억될 것 같아서 케이터링에 무척 신경 썼는데 말이다. 밥 정말 맛있었다.

언론사 취재는 모두 거절했는데, 한 곳에서는 우리처럼 결혼하거나 혼인신고 거절을 기록으로나마 남기려는 사람들을 모아 시리즈를 만들고 싶다고 했다. 나는 아마 우리는 응하지 못할 거라고 하고 아직 피앙세였던 와이프에게 그 이야기를 전했다. 존재가 드러나는 것에 걱정이 많던 와이프는 무척 의

외의 대답을 했다.

"언니, 그럼 우리 같은 사람들이 많다는 걸 알게 되겠다."

그래서 우리 결혼식은 영상으로 남았다. 내 친구가 축사를 읽는 모습도, 그걸 듣다가 울음이 터졌다가 다시 웃는 내 모습도 남았다. 친구는 이 축사를 한 달 동안 쓰고 결혼식 전날까지 고쳤다. 친구는 내 '컴펌'을 받았다. 나는 친구에게, "우리 결혼식에는 비성소수자 친구 진짜 많이 오니까, 거기 맞게 톤 좀 낮추자."라고 했다. 친구는 '대한민국 사회를 향한 전복적 퍼포먼스'를 꿈꾸며 축사를 준비했었다.

안녕하세요.

에리와 나리 두 사람의 친구 구자혜라고 합니다. 원래는 제가, 한복을 입고 갓을 쓰고 곰방대를 물고, 에헴 거리며 주례를 할 계획이었습니다. 그지 같은 세상, 다 뒤집어 엎어버리자는 의도였습니다. 대한민국 사회를 향한 전복적 퍼포먼스를 생각했습니다. 그런데 조금 피곤해졌습니다. 존재를 감추기도 하고, 존재를 드러내기도 하고, 때로는 존재를 부정해야만 했고, 그리고 존재를 증명하며 사느라 너무 많은 에너지를 쓰며 평생을 살아왔기 때문입니다. 그래서 오늘 하루만큼은 그저 함께 에리와 나리를 축하해주며 모두가 온전히 행복한 시간이 되었으면 좋겠다는 생각을 했습니다.

오늘은 이 공간에 함께 있는 여러분뿐 아니라, 결혼식을 줌으로 지켜보고 있을 저 멀리의 한 사람, 그리고 이 결혼 소식을 들을 나리와 에리를 모르는 한 사람에게 행복

내 세상이 된 사람

하고 힘이 되는 날입니다. 오늘은 우리가 행복을 주장하고 누릴 날입니다. 오늘은 두 사람을 온전히 축하하고 응원하며 행복을 기원하는 시간입니다. 오늘은 존엄하고 행복한 에리와 나리가 여러분과 함께 온전히 존재하는 시간입니다.

나리는 20대 초반에 독일로 떠나 공부를 하고 일을 했고, 그곳에서 고양이 너모를 만났고 너모와 함께 한국에 돌아왔습니다. 너모는 에리의 삶에 들어온 첫 고양이입니다. 이들이 결혼을 하고 싶다고 생각이 든 건, 이렇게 계속 살면 좋겠다, 계속 같이 있고 싶은 생각이 들어서라고 합니다. 여행을 많이 다니고 싶다고 합니다. 재미있게 살고 싶다고 합니다. 너모와 함께 시간을 더 많이 보내고 싶다고 합니다. 너모와 에리와 나리가 함께 긴 시간을 보내고, 이들이 더 많이 나이 들고 더 귀여워졌을 때 은혼식, 금혼식에도 여러분과 함께할 수 있기를 바랍니다.

에리는 이렇게 말했습니다. 둘만 약속하는 것으로 결혼을 해도 되는데, 제도가 인정해주는 것도 아닌데, 굳이 식을 올리는 이유는 그냥 그러고 싶어서라고. 우리도, 같이 여기서 살아가고 있는, 사회 안에서 존재하고 있는 존재니까, 축하를 받고 싶었다고. 여러분은 에리와 나리가 원한, 이들의 결혼을 안전하게 축하해줄 수 있는 사람들이고, 에리와 나리가 축하받고 싶어 하는 사람입니다.

만약 나리와 에리에게 원하는 선물이 있는지 물으신다면
차별금지법 제정이라고 합니다.
사랑 그리고 결혼을 공표하고
존재를 드러낼지 아닐지 스스로 결정하고,
이 모든 것을 스스로 선택해서 모두와 함께 기쁨과 힘을 나누는 이 결혼식에서,

무엇보다 에리와 나리가 온전히 행복하길 바랍니다.

사실 저는 축사를 준비하면서, 제가 나리의 친구로서 이 결혼을 바라보고 있다는 생각이 들었습니다. 그래서 에리와 이야기를 나누었습니다. 에리를 통해 저는, 제가 축하하고 있는 것은 나리뿐 아니라 에리라는 한 사람의 선택과 용기, 결혼을 포함한 삶이라는 것을 알게 되었습니다. 그리고 에리 덕분에 이 공간에 있는 모든 사람들의 의미에 대해 생각하게 되었습니다. 에리와 나리는, 두 사람의 행복을 온전히 축하받길 원하고 축하해주는 모든 이들과 함께 멋진 세상을 꿈꾸는 세상 멋진 커어입니다. 에리와 나리의 결혼을 진심으로 축하합니다.

내 세상이 된 사람

따로 사는
부부들

결혼식을 무사히 치러낸 우리는 따로 살기로 했다. 우리는 사귀고 첫 1년은 거의 붙어 있었고, 그다음 1년은 아예 같이 살았다. 그리고 이제 따로 사는 해가 시작되었다. 와이프 짐을 싸서 차에 싣고 와이프 집으로 가는 길에 우리는 이런 얘기를 나눴다. 와이프가 먼저 말을 꺼냈다.

"결혼하니까 되게 좋은 것 같아."

"맞아. 따로 살아도 불안하지 않아."

"맞아. 그리고 따로 산다니 좀 설레는 것 같아."

"맞아. 결혼하길 진짜 잘한 것 같아."

엄마한테 말하면 괜히 걱정하실까 싶어서 말하지 않고 있다가, 어느 순간 자연스럽게 따로 살고 있다는 말을 했다. 엄마는 내 걱정과 달리 반색을 하며 좋다고 했다. 너무 잘했다고 박수를 쳐줬다. 나를 잘 아는 엄마는 내심 내가 계속 와이프랑 지금 집에서 같이 사는 걸 걱정했던 모양이었다. 그러고 보니 나중에 이사 가게 되면 각자 방에 넣을 침대는 엄마가 사주겠다고 했던 말이 생각났다. 엄마는 우리가 최소한 각자의 침실을 갖게 될 거라고 생각했던 거다. 그리고 엄마도 아버지와 따로 산다. 엄마는 그렇게 사는 게 진짜 좋다고 했다.

"부부라도 자기 삶이랑 자기 공간이 있어야지."

엄마에게 힘을 얻은 나는 한 친구에게도 우리가 따로 살게 됐다고 말했다. 친구의 반응은 '박수 갈채'였다. 친구 박사논문 주제가 동거 커플이었는데, 수십여 명 모두의 공통된 꿈이 가까운 거리에서 따로 사는 거였다며, 이상적인 결혼생활이라고 계속해서 말해줬다. 와이프와 나는 도보로 10분 거리의 각자 집에서 살고 있다.

나는 엄마와 친구의 반응에 어깨가 으쓱해졌다.

와이프 집 꾸미는 걸 도와주고, 이사 기념으로 네스프레소 커피머신을 선물했다. 각자의 집은 각자의 취향대로 꾸미고, 서로가 언제건 방문할 수 있는 공간으로 오픈하고 있다. 오늘은 저녁에 일정이 있어서 늦게 들어왔는데, 와이프가 고양이 밥 주러 왔다가 내가 돌려놓고 나간 세탁기에서 다 된 빨래를 꺼내서 건조기를 돌려놨다. 따로 부탁하지 않았는데도 그렇게 해줬다. 함께 살 때는 어쩌면 당연한 일이었는데, 각자 살림을

내 세상이 된 사람

각자가 하니까 이제 돕는 것이 되었다. 사는 맛이 난다.

따로 살게 된 우리는 함께 살 때보다 더 많은 대화를 나눈다. 함께 보내는 시간이 특별하기 때문이다. 따로 살자는 이야기를 나누면서 내가 제안했던 건, '대신 함께 있는 시간은 밀도 있게 보내자'는 거였다. 오늘도 만나서 무척 밀도 있게 아무것도 안 하고 뒹굴대며 놀면서 와이프 집 정리를 했다. 문득 엄마가 했던 말이 떠오른다.

"아버지는, 엄마가 내려가면, 그 시간만큼은 엄마만을 위해서 쓰셔."

"아버지랑 주로 뭐 하는데?"

"같이 쉬고 집안일하고 산책도 가고 노는 거지."

부부란, 이렇게 같이 놀면서 서로를 돌보는 사람들인 것 같다.

이모모,
고모모

결혼 후 첫 가족모임을 했다. 아버지가 아침에 치우면서 보니 우리가 소주를 열여덟 병 마셨다고 한다.

술 마시다가 어느 순간, 친척 사이에서 동성애에 대한 토론이 이어졌다. 우리 결혼하고 처음 만난 자리라서 더 그랬다. 동성 부부를 맞이한 친척들은 "자연스럽게! 당당하게!" 같은 말에 집중하고 있었다.

내 형부인 '사촌언니의 남편'을 와이프가 뭐라고 부르느냐를 두고 우리는 잠시 옥신각신했다. 여러 의견이 나왔지만 나는 와이프가 형부를 '아주버님'이라든가 '형부', 심지어 '오빠'라고 부르는 게 싫어서 '형님'이라고 부르자고 못을 박았다. 그 순간 가족들은 우리가 어차피 '자연스럽게!' 살아갈 수 없다는 것을 깨달았다.

우리는 그 모임이 있기 전 '그래서 친척 아이는 와이프를 뭐라고 불러야 하는가'에 대한 이야기도 나눴다. 이미 '자연스럽게' 되는 것은 별로 없었다. 우리는 모든 길을 다시 정의해야 하는 것만 같았다. 나는 친척 아이들의 이모거나 고모다. 와이프가 남자였다면 이모부나 고모부, 내가 그 아이의 삼촌이었다면 와이프는 숙모가 되니까, 친척들은 그 사이를 오갔다. 그러다 새로운 단어가 나왔다.

"이모모 고모모 어때?"

술자리는 이어졌다. 내가 수트를 입는 게 맞았냐 드레스를 입었어야 했냐 갖고도 의견이 있었다. 그걸로 '한오백년' 고민한 당사자가 앞에 있어봤자 소용이 없었다. 우리는 '자연스럽게' 그리고 '예쁘게' 드레스를 입으라는 말을 이미 결혼식 준비 전부터 수도 없이 들었고, 결혼식이 끝난 후에도 듣고 있었다. 친척들은 뒷북처럼 같은 말을 했다.

역시 눈앞에 보이는 동성 혼인이란 친척들이 한 번에 감당하기에 어려운 분야라고 생각하고 있을 즈음, 삼촌이 문득 자기 회사에도 사내 동성 커플이 있다는 말을 꺼냈다. 그분들이 부당하고 위기에 처했고, 삼촌이 돈 쓰고 직접 나서서 소송을

도와주고 있단다. 순간 삼촌이 다르게 보여서 쳐다봤더니,

"난 그 직원들이 동성애 때문에 부당해고를 당해선 안 된다고 생각해서 돕는 거지, 남자들의 동성애에 찬성한다는 건 아니야."

하며 선을 그었다. 그리고 한국 사회에선 남자들의 동성애가 인정받기 어렵다는 말을 덧붙였다. 나는 삼촌에게 말했다.

"무슨 말인지 알겠어. 그분들 부당해고 안 당하게 계속 잘 도와!"

이런 순간도 있었다. 친척들이 우리가 앞으로 사회생활에서 동성 부부로 살아가며 상처받을까 봐 어쩔 줄을 몰라 하며 걱정을 시작했다. 나는 할 말이 있었다.

"상처받으면 어때. 우리는 평생 동성애자로 살아왔는데?"

걱정은 해결됐다. 우리는 또 건배를 했다.

내 세상이 된 사람

가장 오래 살았던
도시의 관광객

2002년의 베를린은 아직 힙한 걸로 유명한 도시가 아니었다. 내가 독일에서 '하필' 베를린으로 가겠다고 하자, 꽤 많은 사람들이 거기 '동독' 아니냐며 위험할 거라고 했다.

막상 도착한 10월 말의 베를린은 북위 52.52도답게 해가 짧았고, 이미 눈이 와서 길이 다 얼어 있었다. 모든 도시가 마치 공사장 같았다. 곳곳에는 2차세계대전의 흔적마저 그대로 남아 있었다. 갑작스러운 통일 20년이 지난, 오랫동안 반으로 갈라졌던 이 도시는 어찌해야 할 바를 모르는 곳 같았다. 위험해 보이는 구석들도 정말 많았다. 베를린은 가난하고 어두웠다. 돌아보면 한편으로는 그게 재미고 멋이었다. 나와 친구들은 베를린의 원조 예술가 힙스터 같은 존재들이었고, 모두 '가난하지만 섹시'했다.

성인이 된 후 대부분의 시간을 '백인 사회에서 아시아인 이주민'으로 살았다. 그래서 '선주민'으로 살아가는 감각을 잘 몰랐던 것 같다. 지난 몇 년 동안 한국에서 선주민으로 살았고, 그리고 다시 돌아온 이곳에서 두 곳에 속한 사람이자 어디에도 속하지 않는 사람으로 지낸 이 시간이 무척 특별했다. 내가 이 도시에서 가졌던 편견, 두려움, 기대 같은 것들이 사라진 상태로 폭신한 익숙함이 있는 곳들을 다시 걷는다는 건, 나를 만든 이 도시에서 내가 다시 만들어지는 것 같은 기분을 느끼게 하기도 했다. 나는 태어나서 가장 오래 살았던 도시의 관광객이 되었다.

베를린은 활기로 넘쳤다. 여전한 것들과 새로운 것들이 뒤섞여 있었고, 다양한 문화들이 예전보다도 더 섞여 있었다. 과거 위에 새로 칠한 것들이 마치 그 자리에 늘 있었던 것처럼 관광객들에게 전시되어 있었고, 그 모습은 무척 '유럽' 같기도 했다. 베를린은 그런 유럽다움을 가진 도시가 전혀 아니었는데 말이다. 오랜 공사를 마친 베를린은 분단 이전의 모습마저 품고 있었다.

코로나와 기후위기, 그리고 가까운 나라에서의 전쟁이 지배하는 사회 분위기와 끝없는 데모 행렬들을 봤다. 친구들과 산책 나가서는 2030년을 목표로 하는 기후위기 정상화 운동에 서명해달라는 요청을 받았다. 나도 베를린이 집이니까 친구들과 함께 서명을 했다. 이란 여성을 위한 데모에는 전국에서 올라온 이란 사람들 5만 명이 운집했다고 한다. 우리는 관광 중에 그 무리에 잠시 들어갔다. 데모로 버스가 멈추고, 타고 가던 트램에서 모두 내려야 하는 상황을 함께 경험했다. 나는 이런 순간들이 좋았다.

"이것도 내가 보여주고 싶던 베를린 모습이야."

가장 익숙한 거리를 와이프와 함께 걸었다. 와이프는 눈에 보이는 것들이 다 새롭고, 예쁘고, 로맨틱하다고 했다. 나에게는 그 거리거리에 기억하는 이야기들이 있었다. 나를 구성하고 있는 것들이 있어 편안했고, 새로워진 것에 빠르게 적응해 나가며 뿌듯했고, 또 어떤 거리가 품고 있다 알려준 아픔이나 고통의 기억이 다가와서 숨이 막히기도 했다. 하지만 그 모든 순간, 내 곁에는 내 사랑이 있었다.

와이프에게 베를린에서 어땠냐고 물었더니, 사람들이 친절해서 좋았단다. 사소한 웃음, 사소한 스몰 토크의 순간들이 있었다. 그리고 오늘은 기차에서 사람이 많아, 떨어져 자리에 앉은 우리를 어떻게건 같이 앉게 해주려던 할머니가 있었다. 길 가던 사람이 활짝 웃으면서 우리와 눈을 마주친다거나, 관광객인 걸 눈치챈 인기 많은 식당 종업원이 우리에게 좋은 자

리를 내어준다거나, 관광지에서 사진 찍어주겠다며 먼저 다가
온 멜빵에 모자 쓴 할아버지라거나.

와이프가 공항에 혼자 도착했을 땐 주변 아저씨들이 짐 찾
는 곳에서 무거운 캐리어를 내려주면서 도와줬단다. 그래서
출발부터 기분이 좋았는데, 계속되는 경험들도 좋았다고 한
다. 근데 한편으로는, 와이프를 보고 누가 웃지 않을 수 있을까?

우리는 이 도시를 마음껏 즐겼다. 와이프에게는 베를린의
첫인상이 좋았다니 기쁜 일이고, 나에게는 다른 베를린을 살
수 있어 기쁜 시간이었다. 우리의 신혼여행지는 베를린이었다.

내 세상이 된 사람

우리는
베를린으로 간다

결혼식은 봄에 하고 회사 일이 바빠서 신혼여행은 가을에 서야 다녀왔다. '마침'이라는 단어를 여기 쓰려니 무척 이상하지만 마침, 회사가 어려워져서 직원들도 거의 퇴사했고 베를린에서 이혼 재판 일정도 그때였다. 나는 일단 이혼하러 먼저 베를린으로 출발했다.

베를린에 도착하고 바로 다음 날 아침, 법원에서 시작 10분 만에 판사가 읽어주는 이혼판결문을 듣고, 한국에서 와이프가 오기 전까지 나는 친구 집에서 지냈다. 그리고 생각했다. 나는 이 땅을 드디어 떠나리라. 혼자 지내는 동안은 오랜 친구들을 수소문해서 다시 만났다. 그리고 와이프가 신혼여행 비행기를 타고 도착했다. 나는 이 사람에겐 좋은 모습만 보여주고 싶었다.

나는 베를린 중심가의 행복한 독일 백인 중산층이 사는 동네에 꽤 괜찮은 숙소를 얻었다. 베를린에서 내가 오래 살았던 동네 근처였다. 함께 동네 산책을 하다가 우연히 친구들과 마주치기도 했다. "Nari?" 하면서 놀랍다는 표정을 지은 대학 후배가 아이 둘과 남편을 소개했다. 우리는 부둥켜안았다.

나는 와이프를 'meine Frau', 내 와이프라고 소개했다. 길에서 내 친구를 만나고 인사를 하며 놀라워하고, 돌로 만든 옛 길바닥 위에 열린 동네 시장에서 내 와이프라고 소개받고 웃는 경험. 도시인데도 여유로워 보이는 사람들 사이에서 대화를 나누는 나. 그에게는 모든 것이 특별했다.

여행객의 시선에서 내가 살던 곳을 둘러보는 경험은 나에게도 특별하기는 마찬가지였다. 나는 좋은 마지막이라 생각했다. 나는 와이프에게 사뭇 위험해 보인다거나 혹은 '베를린식 힙스터' 느낌이 강하게 나는 곳은 보여주지 않았다. 안전하고 평온하면서도 적당히 북적이는 곳곳에 데려갔다.

와이프는 나와 마트에 가는 것도 좋아했다. 한국에선 비싸게 파는 익숙한 음식들을 같이 골랐다. 베를린에 살 땐 더 저렴한 걸 골랐지만, 신혼여행이니까 나는 두세 배쯤 값이 나가는 것들을 추천했다. 그래봤자 한국에서 사는 거보단 쌌다. 그리고 '우리 베를린 열흘살이 집'에서 맛있게 차려 먹었다.

무척 행복해하는 와이프를 보면서 나는 정말 기뻤다. 와이프는 내가 이 땅에서 16년간 보았던 모습 중 가장 좋은 기억으로 남아 있는 것들만 보았다. 나는 그 모습에서 어떤 대리만족을 느꼈다. 정말 좋은 결말이라 생각했다. 혼자 다시 와서 집을 정리하리라 다짐했다. 좋은 마무리로 말이다.

하지만 베를린에 신혼여행을 다녀온 와이프는 베를린 가서 살고 싶다고 노래를 부르기 시작했다. 마치 이혼 후 비혼주의자가 되었던 나에게 결혼하자고 노래를 부르던 그때와 같았다. 나는 결혼은 안 된다고 했고, 와이프는 내가 그러건 말건 결혼하자고 졸랐다. 나는 이 사람과는 결혼을 해도 될 것 같았다.

결혼하자는 와이프에게 나는, "결혼이 뭔지 생각해봤어? 웨딩드레스 입는 거 말고 그다음에 대해서 말이야. 게다가 우리는 호모섹슈얼이야. 너가 원하는 건 드레스야? 아니면 살지도 않는 나라에서 받아온 혼인증명서야?" 나는 되게 못돼먹게 굴었다. 그런데도 몰라몰라 결혼이 하고 싶댔다.

그런데 결혼을 해보니까 좋았다. 지금 이 순간도 좋다. 이상했다. 결혼은 고통이라 생각했는데, 아니었다. 말도 안 되는 일이었다. 내가 그렇게 싫다고 했는데, 와이프는 결혼을 강요하지는 않았지만 그렇다고 내 의견에 동의하지도 않았다. 나는 이 사람과 함께하는 것은 다르다는 걸 알게 됐다.

　베를린도 그랬다. 내가 16년 살았던 베를린은 여러 가지 모습을 하고 있었고, 나는 드디어 그곳을 떠날 때가 되었다고 생각했다. 베를린 구청에서 결혼하고 베를린 가정법원에서 이혼도 했으니 말이다. 그런데, 와이프와 함께 사는 베를린은? 아, 그것은 다른 것이다. 그 사람이기 때문이다. 나는 그걸 깨달았지만 잠자코 있었다.

　우리는 그러다 어느 날 갑자기 제주로 이사를 왔다. 그리고 '여기가 천국이다' 같은 생각을 날마다 하고 있을 즈음, 나는 알게 됐다. 그냥 알게 됐다. 나는 간절하게 집으로 돌아가고 싶었다. 그리고 나에게 집은 베를린이었다. 와이프에게 이제 내 집으로 함께 가달라고 조르고 싶어질 만큼이었다.

　우리는 베를린으로 이사 갈 날짜를 정했다. 설레는 마음으로 베를린에서의 새로운 출발을 준비한다. 때로는 내가 와이프 따라가는 사람처럼 느껴진다. 여행지에 정착을 해버리건, 처음 가보는 길로 산책을 가건, 그리고 심지어 내가 두고 온 베를린에 가건, 우리 둘이 손 꼭 잡고 가면 어디건 좋았다. 우리는 베를린으로 간다.

심장이
멎는 줄 알았다

와이프가 동네에서 웨딩드레스를 받았다. 미국에서 오래 살다 오신 동네 귤밭집 할머니가 따님이 미국에서 맞춰서 입었던 거라며 주셨다. 나는 친구에게 물었다. "웨딩 촬영, 본식, 피로연까지 세 번 입었는데 왜 또 입고 싶어 하는 거예요?" 나는 드레스 좋다는 사람이 신기하기도 하고 또 이해하고 싶기도 해서 물었는데, 친구가 그랬다. "김혜수는 시상식 때 입지만, 우리는 시상식에 안 올라가니까요."

나는 단 한 번도 드레스 입기를 원한 적이 없다. 어릴 때 어른들이 억지로 입힌 적이 있는데, 너무 분해서 눈물을 뚝뚝 흘렸다. 나는 다른 여자아이들도 그런 감정일 거라 막연히 생각했던 것 같다. 하지만 와이프는 나와 달랐다. 와이프에게 드레스란, '제일 예쁜 옷'의 범주에 있었다.

결혼할 때 웨딩드레스 샵에서는 내가 신랑도 아닌데 굳이 못 들어오게 하더니, 드레스 입은 '신부'를 커튼 확 걷어서 보여주는 그걸 나에게도 했다. 내가 그럴 줄은 꿈에도 몰랐지만 와이프가 너무 예뻐서 심장이 멎는 줄 알았다. 나는 예쁜 드레스를 보면 좋다는 이 사람이 좋다. 그리고 귀엽다.

우리는 독일 가서 결혼식을 또 한다. 혼인신고를 하려면 치러야 하는 절차인데, 그때 와이프는 또 웨딩드레스를 입을 거다. 오늘 받은 옷을 독일에 가져가서 구청 결혼식 때 입겠단다. 이제 남은 질문은 내가 그 웨딩드레스에 어울리는 어떤 옷을 입느냐가 되겠다.

한국에서 결혼식을 했을 때 나는 드레스샵에서 끼워주는 '신랑용' 기성 턱시도를 빌려 입었다. 난 뭘 입어도 상관없었고, 모두 잘 맞았다. 심지어 웨딩 촬영 때 '신부' 드레스를 30만 원에 빌리면 '신랑' 예복은 5만 원에 빌려주더라. 난 당연히 5만 원짜리를 선택했다.

울엄마는 자기 자식 예뻐 보이라고 남성 테일러샵에 가서 턱시도를 맞추라고 했는데, 나는 한 번 입을 옷에 돈 쓸 수 없다고 맞섰다. 자기 딸 결혼식에 턱시도 맞추라고 고집부린 엄마는 세상에 울엄마밖에 없을 것 같다. 이제 턱시도에도 미련 없다. 입어보니 참 좋긴 좋았지만.

하지만 드레스 좋아하는 와이프와 같이 할머니로 늙어가려면 나도 그 드레스와 잘 어울리는 무언가를 가끔 입어야 할 거 아닌가. 그런 게 뭐가 있을지 더 찾아봐야겠다. 나는 흰색 수트에 로망이 있긴 한데 말이다.

밥은
누가 해요?

와이프와 나. 같이 다니면 자매라고들 생각하는데, 그러면 이런 질문을 하는 사람도 보게 된다.

"밥은 누가 해요?"

와이프 만나기 전에도 나는 거의 밥하는 파트를 담당했었다. 밥해 먹이다가 가까워지고 사귄 사람들도 많다. 그런데, 와이프가 바로 나서서 대답을 하는 거다.

"제가 해요."

그러면서 배시시 웃었다. 아? 이게 무슨 그림이지? 뭔가 낯선데? 하지만 사실이었다. 요즘 와이프가 해주는 밥을 먹고 산다. 나는 요리에 거의 손을 놨다. 밥을 누가 하냐는 질문을 던진 분이 '언니 못됐다(?)' 같은 반응을 하던 찰나에 와이프가 얼른 덧붙였다.

"나머지는 언니가 다 해요~"

처음 만났을 땐 와이프는 밥할 때 물 맞추는 것도 서툴렀다. 집안일이라면 뭐건 서툴더라는 말이 더 맞을지도 모르겠다. 하지만 나는 어차피 첫눈에 반했고, 얼른 데려와서 해 먹이고 살아야겠다는 흑심으로 와이프에게 접근했다. 이 사람은 뭐건 잘 먹었다. 그리고 좋은 음식의 가치를 알았다.

언젠가부터 와이프가 요리를 직접 하기 시작했다. 내가 하는 것과는 무척 달랐는데, 맛있었다. 처음이었다. 남이 끓인 미역국에 내가 만족한 것. 그리고 예뻤다. 와이프도 그의 요리도. 와이프의 실력은 일취월장했다. 와이프는 '맛을 그리는 능력'과 '예쁘게 만드는 능력'을 모두 타고난 사람이었다.

내가 하는 요리에서 깊은 맛이 난다고들 하더라. 나름 가정식 요리 30년 차니까 그럴 수도 있다. 와이프가 하는 요리에선 다채로운 맛이 난다. 본격적으로 요리를 시작한 건 아마 올해인 것 같은데, 나에게는 셰프급. 와이프가 해주는 게 밖에서 먹는 음식 대부분보다 훨씬 맛있다. 그리고 깔끔하다.

나는 와이프에게 많이 의지하고 있다. 누군가에게 의지하면 무너질 것 같아서 내가 깃발을 들고 살았다. 뭐건 내가 했다. 그런데 와이프 이 사람 앞에 있으면 긴장이 스르르 풀린다.

맛있는 거 해달라고도 해보고, 하자는 대로 하고, 시키는 대로 한다. 와이프는 내가 하자는 대로 한다며 되게 좋아한다.

밥 이야기를 쓰고 있는데 집에 곤드레밥 향이 퍼진다. 팬트리를 싹 정리해놨더니 말린 곤드레를 딱 찾아서 먹을 것으로 만들어주는 사람이 있으니까 되게 뿌듯하다. 설거지가 밀렸을 때 싹 치워놓으면 깨끗한 식기를 꺼내서 다시 맛있는 거 해주는 사람이 있으니까 정말 뿌듯하다.

맛있고, 예뻐.

제주에서
운전

오늘 와이프가 운전면허증을 재발급받으러 갔다. 와이프는 제주라고 적힌 면허증을 가졌다. 부러워.

와이프가 면허증 받아서 나오는 길에 시동 거는 법을 알려줬다. 우리 장롱이 여보, 다음 주엔 연수받으러 갈 거니까.

제주에 이사 오더니 와이프가 처음으로 운전에 용기를 냈다. 차 없이는 도서관도 못 가는 위치이기도 하고, 또 내가 아플 때 병원 데려가줄 사람이 되고 싶다는 거다.

"나 언니 옆에 타고 다닌 시간이 얼만데, 서당개 3년이면 풍월을 읊지 않을까?" 하길래 진짜 너무 웃겼다. 지난 3년간 정말 운전에 아무 관심도 없더라, 당신……. 내가 당신 태우면 운전 살살 하니까 과속방지턱이 있는지도 몰랐던 당신…….

여자 둘이
살고 있습니다

와이프와 내 관계를 '여자 둘이 살고 있습니다' 같은 일종의 요즘 '트렌드'로 인지하고 계신 분들이 있다. 그래서 당연히 그럴 거라 생각하고 아무것도 안 물으셨던 것. 심지어 경제적 공동체일 거라고까지 생각한 분도 계셨다.

오늘 한 분은 이런 말씀을 하셨다.

"나도 이혼하면, 착한 동생 있거든요? 여자! 그 동생이랑 나리 씨처럼 살고 싶어요. 둘이 너무 재밌어 보여."

네…… 재미있는 거 맞는데요…… 저희는 손도 잡고 뽀뽀도 해요.

사실 나는 여자 둘이 살면 당연히 레즈비언이라고 생각하는 편견이 있었는데, 요즘 트렌드인 것 같으니까 그 흐름을 적당히 타고 살아도 되겠다.

내 세상이 된 사람

짐승처럼 욕망해

와이프에게 첫눈에 반했지만('레즈 금사빠설'의 살아 있는 증거), 나는 정작 사귀는 건 주저했다. 지금 와서 생각하면 부끄럽기까지 한데, 나는 별 게 다 걱정됐다. 왜냐면 와이프가 너무 예뻐서…… 이런 분을 내가 만나도 될까……… 너무 대놓고 남자 역할, 여자 역할 같아 보이지 않을까.

나는 '얼평'하지 않기 위해 '예쁘다'라는 단어마저 내 속에서 지운 상태였다. 그런데 와이프가 너무 예뻐서 그 말이 자꾸 입에 맴도는데, 내 속에 들어 있던 엄숙한 '옳음이'가 안 된다고 하는 거다. 아니, 너무 예쁜데 예쁘다고 하지도 못하고 나는 속이 까맣게 탔다. "머, 멋지시네요, 정말."

와이프는 내가 욕망하던 모든 것을 가진 사람이었다. 하지만 나는 금욕해야 할 것만 같았다. 나처럼 생긴 사람을 만나서 서로 멋지다를 외치며 성소수자 인권 향상에 기여해야 할 것만 같았다. 심지어 인권 활동가조차도 아닌 내가 왜 그랬는지 모르겠다. 아무튼 나는 당시에 그랬다. 안 될 것 같았다.

"사귀는 건 안 돼요."를 외치던 나는 와이프에게 빠져들었다. 그리고 '공주' 좋아하는 사람이라는 것마저 알게 되었다. 베를린에서 한 레즈비언 부부의 딸이 공주 옷을 입고 나타났던 그날, 그 자리에 있던 레즈비언들이 지었던 표정이 기억났다. 하지만 나는 와이프를 공주님이라고 부르기 시작했다.

우리가 결혼하기로 하자, 주변에서는 '여자 둘이 예쁘게 드레스' 입으라는 말들이 들려왔다. 친척뿐만 아니라 심지어 일부 레즈들도 그랬다. 나는 이분법적 성별 역할을 재생산하는 레즈가 되는 것 같아서 괴로웠다. 아니나 다를까, 우리 결혼식을 취재해간 언론사의 유튜브 댓글에는 나더러 남자 역할이라는 욕이 계속 달렸다.

나는 너무 괴로운데 울엄마는 나더러 남자 테일러샵에 가서 턱시도를 맞추고 피로연 때 입을 남자 한복도 맞추자고 했다. 엄마는 최선을 다했지만 나는 드레스를 안 입고 싶은 거지, 턱시도나 남자 한복을 입고 싶은 건 아니었다. 그래놓고 한편으론 '예랑 커뮤니티'에 가입해서 턱시도를 침 흘리며 봤다…….

내 세상이 된 사람

'그러면 안 될 것 같은' 것들이 나를 괴롭혔다. 어쩌면 세상 밖의 소리가 아니었을지도 모른다. 나는 나에게 엄격했고, 내 욕망과 내가 느끼는 안정감에 앞자리를 내어주지 못했다. 나는 이도 저도 못 하는 상황 앞에 수도 없이 직면했다. 하지만 그래봤자 결과는 같았다. 어차피 남자 역할로 여겨졌다.

자라면서 본 적 없는 어떤 젠더 스테레오타입을 만들어내야 할 것만 같았던, 그러니까 모범적인 레즈비언다움을 수행해야 할 것 같았던 건, 내 딴따라 속에 숨어 사는 모범생 자아의 고집이었다. 그리고 나는 그 자아에게 시비를 걸었다. "나 남자 역할 맞아, 어쩔 건데? 난 이거 되게 좋은데?"

나는 와이프에게서 매일같이 귀여움을 받고, 멋지다는 말을 듣는다. 와이프는 나같이 생기고 나같이 하고 다니고 나같이 행동하는 사람이 자기 취향이라고 했다. 나도 사실 너무너무 와이프 같은 사람을 욕망했다. 그 사람의 모든 것, 머리부터 발끝까지. 몸의 아름다움. 그 냄새.

와이프는 앞치마를 입고 요리를 할 때 자기가 꿈꾸던 결혼생활이었다는 말을 하곤 한다. 나는 처음에는 기겁을 했다. 내가 들었던 그 말은 여성 인권을 위해 삭제되어야 할 것 같았고,

나는 내 와이프를 그렇게 만들 수 없다고 생각했다. 그래서 나는 기를 쓰고 내가 해 먹이려 했다.

아, 그런데 앞치마를 입은 와이프는 너무도 아름답다. 무슨 앞치마를 종류별로 사서 입는다. 나에게 앞치마란 물이 튀지 않도록 입는 부엌용 작업복에 불과한데 와이프는 새 앞치마를 보며 예쁘다고 또 설레어한다. 나는 그 모습을 너무도 사랑한다. 하지만 나도 그렇게 생각한다고 말하지 못했다. 사실, 당신이 고른 앞치마 너무 예뻐.

모르겠다. 나는 타의 모범이 되는 레즈비언도, 여성과 성소수자의 인권에 도움이 되는 레즈비언도 아닌, 그냥 그저 그런 자기 욕망에만 충실하며 숨 쉬듯이 와이프의 여성을 성적 대상화하는 올드패션드 부치임을 인정할 수밖에 없다. 정말이지 그러고 싶지 않았다.

나는 내 행복을 찾아서 갈게. 나는 동물이야, 동물. 인간도 아니야. 난 짐승이야. 그리고 나는 그렇게 와이프를 욕망해. 사랑해.

◆ ─────────────────────────────────
이 글은 베를린에서 제주에 있는 와이프를 미친 듯이 보고 싶어 하다가 썼다.

내 세상이 된 사람

내 여권은
아직 녹색이다

독일에 오래 살면서 국적은 안 바꾸고 싶었는데 그 이유가 투표권 때문이었다. 재외국민도 해외공관에서 대통령과 국회의원 선거에 참여할 수 있게 된 게 사실 얼마 되지 않았는데, 그때 마침 국적 변경을 고려하고 있었더래서 나는 큰 영향을 받았다. 그리고 태어나서 처음 대통령 선거에 참여했다.

독일 사는 데 영주권 있으면 충분하다고 생각했고, 지금 와서 돌아보니 국적을 바꾸면 뭔가 울엄마와 너무 다른 존재가 되는 것처럼 느꼈던 것 같다. 저널리스트인 일본인 친구가 자기는 일본 사회를 바꾸고 싶다며 귀국한 것도 그때는 꽤 큰 영향이 됐다. 나도 한국에 기여하고 싶다고 생각하게 됐다.

사람마다 계기도 생각도, 가진 가치관도 다르겠지만 나는 뭐랄까, 한국을 크게 자랑스러워하는 사람은 아니더라도 성인이 된 후 한국에 살아본 기간이 짧았기 때문에 늘 어떤 그리움이 있었다. 한국인 친구가 생기는 것, 한국인과 일하는 것 같은 것 말이다. 나랑 비슷하게 생긴 사람들이 내겐 중요했다.

그리고 그 모든 생각이 국적과 연결되어 있었다는 걸 알게 됐다. 나에게는 그런 것들이 몇 개 더 있었다. 애써 한국인이고자 했고, 또 애써 여성이고자 했고, 주어진 것이지만 내 것이 아닌 것 같은 정체성을 붙잡고 거기가 내 '집'이라 여겼다. 나는 그런 것들이 필요했던 거다.

그런데 국적을 유지하겠다는 생각에 영향을 끼친 것들 중에는 스치듯 반복해서 읽은 불특정 다수의 비난도 섞여 있었다. 한국 국적이 아닌 '한국인'은 법적으로 '외국인'이 맞지만, 종종 사람들은 그 단어를 비아냥대기 위해서나 차별을 위한 구별짓기에 사용한다. 내가 안 받아도 되는 영향이다.

독일인이 되고 싶지 않았던 이유 중엔 내 '피부색'도 있었다. 내가 스스로에게 그런 생각을 갖고 있었다는 것 자체가 당황스러운데, 기왕이면 내 피부색이 '자연스러운' 나라의 국적을 유지하고 싶었더라, 난. 참 나. 독일 살면서 오죽 싫었던 모양이다, 나만 다르게 생긴 게. 아무튼 그 생각도 던졌다.

당장 어떤 결정을 해야 하는 건 아니라서 생각을 열어두고만 있기로 했다. 나는 이 생각을 20대 중반부터 쭉 살아온 베를린 집에 앉아서 하고 있다. 3년 후엔 20년을 산 집이 된다. 물론 독일을 떠나 있던 기간이 그중 5년 이상이지만, 이번엔 이 집에 들어온 순간 문득 독일인이 되고 싶다는 생각이 들었다.

집주인이 건물을 팔 계획이라고 했다. 건축물대장상 한 건물인데 그걸 쪼개서 각 호를 팔겠다고 한다. 그렇게 팔면 허가 나는 데 시간이 더 걸리지만 결국 더 돈이 된단다. 나는 장기세입자라서 우선매입권이 있다. 그럼 이 집을 살까? 이런 생각도 마치 국적처럼 열려 있다. 기회인데, 좋은 기회인가?
그런 관점에서 '한국 여권'은 전혀 나쁘지 않은 선택지다. 그동안 수없이 왜 국적을 바꾸지 않았냐는 질문을 받았는데, "한국 국적인 게 장점이 많으니까?"라고 했다. '대한민국 국민'의 지위와 권리는 꽤 매력 있다. 하지만 그 꽤 괜찮은 나라는 내가 마흔이 넘기까지 결국 나 결혼도 안 시켜줬다.

와이프와 여기저기서 살아보자고 이야기했는데, 독일 여권을 갖고 있으면 쉽게 살아볼 수 있는 나라가 한국 여권을 가졌을 때보다는 약간 더 많아진다. 무엇보다 내가 독일 국적이면 우리가 모든 유럽연합 국가에서 살 수 있으니까, 큰 장점이다.

친구 말대로 나는 '시차적응에 실패'했고, 그 시간에 생각을 정리해본다. 시차적응 안 되는 밤은 먼 길을 오가며 살아온 지난 시간 동안 좋은 계기가 되어주고는 했다. 나는 그 시간에 엉긴 실타래를 풀고 다음을 생각하곤 했다. 지금도 그런 시간이다. 어둠 속에서 내 머리만 지금 한국처럼 낮이 밝을 때.

내 여권은 한국의 파란색도 독일의 붉은색도 아니고, 구여권이라 녹색이다. 2028년까지 쓸 수 있다. 다음 여권은 무슨 색일까? 나는 어쩌면 독일인이 될지도 모르겠다.

인생의
트러킹

나에게 무슨 일이 일어났는지 깨달았을 때, 그때는 이미 몰아친 폭풍 같은 일들이 지나간 후였다. 인수합병은 결렬됐고, 직원들이 며칠 만에 모두 퇴사했고, 코워킹 업체에 사무실 계약해지 위약금을 깎아달라고 읍소했고, 혼자 사무실 짐을 옮겼다. 작년 여름이었다. 그리고 나는 망한 대표였다.

나는 직원들의 직장을 빼앗은 대표라는 자책에 시달리고 있었다. 분명 수익을 내며 잘 해오던 사업이었지만 마지막 몇 달 동안 쌓인 사업비용은 거대한 빚이 되어 있었다. 숨만 쉬어도 매달 수천만 원씩 비용이 들어서 빚은 금세 N억대가 되었다. 그 와중에 독일에서 법원 이혼절차도 마무리해야 했다.

나는 현실에서 도피하고 집에서 살림을 시작했다. 사업이 가장 흔들리던 시기에 나는 와이프와 결혼식을 했고, 와이프를 밥 먹이고 출퇴근시키는 일에 집중했다. 그리고 스스로 '마흔 살에 은퇴한' 사람이라 생각하며 지냈다. 하지만 내가 파이어족이 될 수 없다는 걸 이듬해인 올해(2023년) 깨달았다. 새로 뜬 해는 나에게 희망이 아니라 현실의 고통을 비추었다.

나는 일을 찾았다. 물류센터에서 일하려고 지게차 면허를 땄고, 키즈풀 새벽 청소직에도 지원했고, 어린이 영어학원 데스크 선생님에 합격도 했다. 그러다 OTT 편집일도 들어왔다. 강의나 심사, 평가 같은 일들도 가끔 들어왔지만 직업이 될 수는 없었다. 그런데 새로 도전한 일은 다 잘 안 됐다. 나는 물류센터에서 '짤렸고' 지게차는 아직 만져보지도 못했다.

벼랑 끝에 몰린 즈음, 나는 서울에서 살던 아파트를 정리하고 제주로 갔다. 별 계획은 없었다. 여행 중이던 그 섬을 나는 떠날 수 없었다. 갑자기 이사를 갔더니 비용도 많이 들었다. 하지만 더 이상 밑 빠진 독에 물 부을 필요가 없었다. 소비가 줄었고, 작은 텃밭을 일구며 일상은 평온해졌다. 나는 가진 모든 것을 털어서 빚부터 갚기로 했다.

'영끌'해서 회사 빚을 갚았더니 93,303원이 남았다. 빚 때문에 법인 사업자 폐업을 못 하고 있었고 그래서 매달 나가는

내 세상이 된 사람

법인 유지비용이 있었는데, 정리할 수 있게 됐다. 돈 때문이 아니라 내 정신 때문에 유튜브를 시작했고, 트위터 사람들이 후원금을 보내줬다. 그 돈이 얼마나 큰 힘이 됐는지 모른다.

알바를 시작했고, 큰돈을 벌지는 못했지만 일상은 만족스러웠다. 시골에서 자급자족하며 사니까 돈 쓸 데가 없었다. 그리고 홀가분한 마음이 되자, 나는 다시 고장 났다. 무언가가 또 되어야 할 것 같고, 뭐건 성공해야 할 것 같았다. 동시에 내 인생 최고점은 이미 찍었으며 이제 하산인가 싶더라.

내가 너무 고장 나서, 장 보러 가려고 차에 탔는데 운전을 할 수가 없었다. 시속 20km로 겨우 달렸다. 슬픔이 느껴지지도 않았고 고통스럽지도 않았다. 내가 멈췄다. 나에게 알바를 준 친구에게 사실을 말했다. 친구가 그날부터 매일 먼저 아침 인사를 건네며 내가 다시 일상을 찾을 수 있게 도와줬다.

집이 다시 깨끗해지고, 밀린 일을 차근차근 해내고, 요리를 해서 맛있는 것을 먹고, 내 몸도 깨끗하게 씻고, 매일 운동과 산책을 하는 일상이 다시 돌아가기 시작하자 나에게 이런 생각이 찾아왔다. 내 인생, 그동안도 가장 나답게 스스로 주도하며 살아오지 않았냐고. 무언가가 될 필요가 없더라.

그래서 나는 더 이상 다른 무언가가 되려고 하지 않기로 했다. 그것은 내가 만족하는 나 자신의 모습이 아니라, 누군가의 인정을 받아야 하는 나였다. 자랑스러운 딸과 멋진 배우자와 잘나가는 나리 님 같은 것이 되어야 할 것 같았지만, 나는 그것을 좇느라 내 인생을 바칠 수는 없다는 걸 알았다.

소소한 일상의 기쁨들을 다시 찾게 되면서 나는 앞으로 인생에 펼쳐질 새로운 일들을 기대하게 됐다. 이상했다. 분명 인생 끝난 것만 같았는데, 지금은 앞으로 펼쳐질 일도 할 수 있는 일도 많은 것 같다. 나는 그동안 인생이라는 산을 오른 것이 아니라, 트레킹하며 매 순간의 경험으로 살았던 거다.

40대 초반에 인생에서 잠깐 쉬어갈 수 있는 기회를 얻은 것은 큰 행운이다. 일하며 살아온 날들보다 앞으로 일하며 살 날이 더 많은데, 마흔이 될 때까지 나는 40이라는 숫자가 어떤 끝인 것처럼 달렸다. 업계의 사람들은 마흔 살이 되면 어디론가 사라졌다. 그들은 다 어디로 갔는지 알 수 없었다.

40대가 되었던 엄마는 인생 40부터 시작인 것 같다고 했고, 50대가 되더니 50대가 진짜라고 했다. 이제 60이 훌쩍 넘은 노인이 되더니, 인생은 60부터라고 한다. 나는 그게 무슨 소리인지 모르다가 최근에서야 알게 되었다. 나는 이렇게 말하기 시작했다.

"인생 40부터 진짜 재밌는 거 같아."

요즘 나는 재밌다. 새로 시작한 일에서 얼마를 벌건 그 경험이 재미있고, 또 적게 벌어도 여유롭고 재밌게 사는 방법도 살면서 많이 익혔다. 나는 공간을 잘 꾸미고 요리도 잘한다. 돈을 어디에 써야 하는지도 안다. 인생에서 시도해서 얻은 다양한 경험에서 그런 것들을 배웠기 때문이다. 잘 살기.

내가 꾸민 집에서, 입에 내가 만든 맛있는 것들이 들어가고, 좋은 친구들과 교류할 수 있고, 적게 버는 일이라도 하고 있는 일들이 있고, 또 무엇보다 나는 하고 싶은 것이 있는 사람이다. 하고 싶은 것에 도전할 시간도 있다. 굳이 긍정적으로 생각하려 노력할 필요가 없어졌다.

나는 앞으로도 살다가 또 무리할지도 모르고, 그러다 다시금 고장 날지도 모른다. 하지만 다시금 깨어나서 내 소소하고 만족스러운 일상을 찾아낼 거다. 사람들과 좋은 교류 하기를 멈추지 않을 거고, 나를 계속해서 표현할 거다. 화가 나면 소리를 냅다 지르고 그런 나를 자책하며 괴로워하다가 다시 웃을 거다.

그리고 무엇보다, 매일같이 당장 내일 지구가 망할 것처럼 사랑할 거다.

우리는
살고 싶은 모양대로 산다

점심을 먹으면서 와이프와 이런저런 이야기를 나눴다. 그러고 보면 우리는 이제 결혼 2년 차이고 함께 산 건 3년이 조금 넘었을 뿐인데, 우리 삶은 많이도 변해 있었다.

사귈 사람을 찾고 있던 시절의 우리는 각자 '주중에 회사에 출근하는' 상태의 사람을 만났다. 최소한 나는 그런 사람을 무척 바랐다. 와이프는 꾸준히 사회생활을 해온 직장인이었고 나는 법인전환을 앞두고 있는 회사 대표였다. 우리 삶은 그 모양으로 계속될 줄 알았으며 아파트를 사기로 했었다.

우박이 내리치는 소리가 지붕을 통해 실내로 쏟아지는 제주 시골집에 마주 보고 앉아서 지금 우리 삶을 보았다. 어제 와이프는 '우리는 집이 일터니까.'라는 말을 했는데, 코로나 시대의 재택근무와 지금 우리의 일터는 아주 다른 것이었다. 이 변화는 단지 사업을 접고 제주에 왔기 때문에 생긴 걸까?

지금의 사는 모습은 우리라는 두 사람이 만나서 만들어낸 우리 모양대로 생긴 삶의 모습이었다. 앞으로 점점 더 그렇게 될 것이라는 것도 알 수 있었다.

와이프는 마음속 깊은 곳에 있던 꿈을 펼치기 시작했다. 나는 와이프가 스스로 꿈꾸던 사람이 되어가는 모습을 보는 것이 좋아서, 그 꿈으로 향하는 환경을 만들고 있었다. 그래야 나도 내가 살아보고 싶은 모양으로 살 수 있기 때문이었다. 혼자서는 하지 못했을 거다.

함께 삶의 모양을 바꿔가며 살아갈 파트너가 있는 덕에, 나도 내가 경험하지 못했던 일들을 해보며 지내고 있다. 내가 이제 어떤 직업 아이덴티티를 갖고 살아가게 될지는 나도 모른다. 나는 영화인이었고 창업가였으며, 지금은 그 직업 정체성들이 과거형이 되었다.

지금 나는 이런저런 일들을 하며 마치 여행하는 사람처럼 지낸다. 들어오는 일들을 하고, 스스로 일을 만들기도 한다. 그 여러 가지 중 하나는 글을 쓰는 일이다. 지난봄에 출판 제안을 받고, 엉성한 초고를 보낸 후 늦여름에 출판 계약을 했고, 초고 마감도 했다. 이렇게 작가로 살아보고 있다.

내가 이것도 되어보고 저것도 되어보는 사이, 와이프도 여러 시도를 했다. '언니를 보니까 용기가 나서.'라는 말을 몇 번 했다. 나도 와이프 덕에 그 모든 시도를 할 수 있었다. 늘 함께, 그리고 늘 각자 있을 수 있는 파트너이기 때문이다. 우리는 손을 잡고 지금 여기까지 왔다.

아침이 되면 알람 없이 눈을 뜨고, 각자 일을 하거나 책을 읽거나 글을 쓰거나 하면서 하루를 시작해서 "운동할까?"라는 말에 같이 간단한 스트레칭을 하고는 산책을 다녀온다. 느슨한 루틴 속에서 누군가 배가 먼저 고프면 같이 밥을 먹고, 또 각자의 시간을 보내다 보면 어느새 함께 있다. 꿈꾸던 삶이었다.

사소한 즐거움을 추구하며, 나는 마흔 무렵부터 혼자 되뇌곤 하는 그 문장을 나지막이 소리 내어 말해보았다.

"삶은 그렇게 납작하지 않아요."

초판 1쇄   2024년 1월 31일

지은이   김나리

편집   김화영
마케팅   어쩌면 이 책을 읽은 누군가
디자인   지완

도와준 사람들   김나희 김떠기 김별 김영란 김효정 라해
매일그대와 민뎅 민쿠 박유미 배수현 브릿게
서나귀 송나영 신지아 오르 채영 클로이
홀연-영현 그리고 도상희

펴낸이   김화영
펴낸곳   책나물
등록   제2021-000026호(2021년 3월 8일)
이메일   booknamul@daum.net
블로그   blog.naver.com/booknamul
인스타그램   @booknamul

ISBN   979-11-92441-19-1   03810